Agatha Christie
(1890-1976)

Agatha Christie é a autora mais publicada de todos os tempos, superada apenas por Shakespeare e pela Bíblia. Em uma carreira que durou mais de cinquenta anos, escreveu 66 romances de mistério, 163 contos, dezenove peças, uma série de poemas, dois livros autobiográficos, além de seis romances sob o pseudônimo de Mary Westmacott. Dois dos personagens que criou, o engenhoso detetive belga Hercule Poirot e a irrepreensível e implacável Miss Jane Marple, tornaram-se mundialmente famosos. Os livros da autora venderam mais de dois bilhões de exemplares em inglês, e sua obra foi traduzida para mais de cinquenta línguas. Grande parte da sua produção literária foi adaptada com sucesso para o teatro, o cinema e a tevê. *A ratoeira*, de sua autoria, é a peça que mais tempo ficou em cartaz, desde sua estreia, em Londres, em 1952. A autora colecionou diversos prêmios ainda em vida, e sua obra conquistou uma imensa legião de fãs. Ela é a única escritora de mistério a alcançar também fama internacional como dramaturga e foi a primeira pessoa a ser homenageada com o Grandmaster Award, em 1954, concedido pela prestigiosa associação Mystery Writers of America. Em 1971, recebeu o título de Dama da Ordem do Império Britânico.

Agatha Mary Clarissa Miller nasceu em 15 de setembro de 1890 em Torquay, Inglaterra. Seu pai, Frederick, era um americano extrovertido que trabalhava como corretor da Bolsa, e sua mãe, Clara, era uma inglesa tímida. Agatha, a caçula de três irmãos, estudou basicamente em casa, com tutores. Também teve aulas de canto e piano, mas devido ao temperamento introvertido não seguiu carreira artística. O pai de Agatha morreu quando ela tinha onze anos, o que a aproximou da mãe. A paixão por conhecer o m até o final da vida.

Em 1912, Agatha conheceu Archibald Christie, seu primeiro esposo, um aviador. Eles se casaram na véspera do Natal de 1914 e tiveram uma única filha, Rosalind, em 1919. A carreira literária de Agatha – uma fã dos livros de suspense do escritor inglês Graham Greene – começou depois que sua irmã a desafiou a escrever um romance. Passaram-se alguns anos até que o primeiro livro da escritora fosse publicado. *O misterioso caso de Styles* (1920), escrito próximo ao fim da Primeira Guerra Mundial, teve uma boa acolhida da crítica. Nesse romance aconteceu a primeira aparição de Hercule Poirot, o detetive que estava destinado a se tornar o personagem mais popular da ficção policial desde Sherlock Holmes. Protagonista de 33 romances e mais de cinquenta contos da autora, o detetive belga foi o único personagem a ter o obituário publicado pelo *The New York Times*.

Em 1926, dois acontecimentos marcaram a vida de Agatha Christie: a sua mãe morreu, e Archie a deixou por outra mulher. É dessa época também um dos fatos mais nebulosos da biografia da autora: logo depois da separação, ela ficou desaparecida durante onze dias. Entre as hipóteses figuram um surto de amnésia, um choque nervoso e até uma grande jogada publicitária. Também em 1926, a autora escreveu sua obra-prima, *O assassinato de Roger Ackroyd*. Esse foi seu primeiro livro a ser adaptado para o teatro – sob o nome *Álibi* – e a fazer um estrondoso sucesso nos teatros ingleses. Em 1927, Miss Marple estreou como personagem no conto "O Clube das Terças-Feiras".

Em uma de suas viagens ao Oriente Médio, Agatha conheceu o arqueólogo Max Mallowan, com quem se casou em 1930. A escritora passou a acompanhar o marido em expedições arqueológicas e nessas viagens colheu material para seus livros, muitas vezes ambientados em cenários exóticos. Após uma carreira de sucesso, Agatha Christie morreu em 12 de janeiro de 1976.

Agatha Christie
sob o pseudônimo de
Mary Westmacott

AUSÊNCIA NA PRIMAVERA

Tradução de JORGE RITTER

Coleção **L&PM** POCKET, vol. 893

Texto de acordo com a nova ortografia.
Título original: *Absent in the Spring*

Primeira edição na Coleção **L&PM** POCKET: setembro de 2010
Esta reimpressão: março de 2022

Tradução: Jorge Ritter
Capa: designedbydavid.co.uk © HarperCollins/Agatha Christie Ltd 2008
Preparação: Patrícia Yurgel
Revisão: Iriz Medeiros e Patrícia Rocha

CIP-Brasil. Catalogação na Fonte
Sindicato Nacional dos Editores de Livros, RJ

C479a

Christie, Agatha, 1890-1976

Ausência na primavera / Mary Westmacott (Agatha Christie); tradução de Jorge Ritter. – Porto Alegre, RS: L&PM, 2022.

224p. – (Coleção L&PM POCKET; v. 893)
Tradução de: *Absent in the Spring*
ISBN 978-85-254-2044-2

1. Romance inglês. I. Ritter, Jorge. II. Título. III. Série.

10-3792.   CDD: 823

                  CDU: 821.111-3

Absent in the Spring © 1944 The Rosalind Hicks Charitable Trust. All rights reserved
AGATHA CHRISTIE and the Agatha Christie Signature are registered trade marks of Agatha Christie Limited in the UK and elsewhere. All rights reserved.
www.agathachristie.com

Todos os direitos desta edição reservados a L&PM Editores
Rua Comendador Coruja, 314, loja 9 – Floresta – 90220-180
Porto Alegre – RS – Brasil / Fone: 51.3225.5777 – Fax: 51.3221.5380

Pedidos & Depto. Comercial: vendas@lpm.com.br
Fale conosco: info@lpm.com.br
www.lpm.com.br

Impresso no Brasil
Verão de 2022

De você estive ausente na primavera...

Sumário

Capítulo 1 9
Capítulo 2 27
Capítulo 3 43
Capítulo 4 66
Capítulo 5 75
Capítulo 6 93
Capítulo 7 109
Capítulo 8 132
Capítulo 9 163
Capítulo 10 174
Capítulo 11 181
Capítulo 12 195
Epílogo 202

Capítulo 1

Joan Scudamore apertou os olhos para enxergar melhor em meio à penumbra da sala de jantar da pousada. Ela era um pouco míope.

"Certamente aquela é... não, não é... creio que seja... Blanche Haggard."

Que extraordinário encontrar, no meio do nada, uma velha amiga de escola que ela não via há uns bons quinze anos.

No início, Joan ficou encantada com a descoberta. Era uma mulher sociável por natureza, sempre contente em encontrar ao acaso amigos e conhecidos.

Ela pensou consigo mesma: "Como a pobrezinha mudou para pior! Parece anos mais velha. Literalmente *anos*. Afinal de contas, ela não pode ter mais de... quantos? Quarenta e oito anos?"

Depois disso, era natural que ela olhasse a própria aparência refletida em um espelho que, por acaso e extrema conveniência, estava pendurado na parede bem ao lado da mesa. O que ela viu ali a deixou com o humor ainda melhor.

"Realmente", pensou Joan Scudamore, "resisti melhor à passagem do tempo."

Ela viu uma mulher esbelta de meia-idade, com o rosto singularmente livre de rugas, cabelo castanho mal salpicado de grisalho, olhos azuis aprazíveis e uma boca alegre e sorridente. Vestia um conjunto elegante e fresco de casaco de viagem e saia e trazia uma bolsa bastante grande, contendo os itens necessários para viajar.

Joan Scudamore estava voltando de Bagdá para Londres pela rota terrestre. Ela havia chegado de Bagdá de trem, na noite anterior. Passaria aquela noite na pousada da estação ferroviária e partiria de carro na manhã seguinte.

O que a fizera deixar a Inglaterra apressadamente fora a doença repentina de sua filha mais jovem, sua compreensão de quanto William (seu genro) era desorganizado e o caos que ocorreria em um lar sem um controle eficiente.

Bem, estava tudo certo agora. Ela havia assumido o controle, tomado as medidas necessárias. O bebê, William, Barbara convalescente, tudo havia sido planejado e colocado nos trilhos. "Graças a Deus", pensou Joan, "sempre tive uma boa cabeça sobre meus ombros."

William e Barbara estavam cheios de gratidão. Eles haviam insistido para que ela ficasse, não tivesse pressa, mas ela havia se recusado, sorridente, ainda que com um suspiro contido. Pois não podia desconsiderar Rodney – pobre e velho Rodney, preso em Crayminster, afundado até o pescoço em trabalho e sem ninguém em casa para cuidar de seu conforto, exceto os criados.

– E, afinal de contas – disse Joan –, o que são criados?

Barbara respondeu:

– *Seus* criados, mãe, são sempre perfeitos. Você faz com que sejam!

Ela sorriu, mas mesmo assim ficou satisfeita. Porque, afinal de contas, todos gostam de reconhecimento. Ela imaginava às vezes que sua família não dava o devido valor à sua administração doméstica serena e eficiente e ao seu cuidado e à sua devoção.

Não que tivesse qualquer queixa verdadeira. Tony, Averil e Barbara eram filhos adoráveis, e ela e Rodney tinham todas as razões para ter orgulho da educação que lhes deram e do sucesso deles na vida.

Tony cultivava laranjas na Rodésia. Averil, após ter sido motivo de preocupação para os pais durante pouco tempo, havia sossegado e se casado com um rico e encantador corretor da bolsa de valores. O marido de Barbara tinha um bom emprego no Ministério de Obras Públicas do Iraque.

Eram todos saudáveis, bonitos e bem-educados. Joan achava que ela e Rodney eram, de fato, pessoas de sorte, e sua opinião particular era de que parte do crédito deveria ser atribuído a eles como pais. Afinal, eles haviam criado os filhos com muito cuidado, selecionando as melhores babás, governantas e, mais tarde, escolas, sempre colocando a felicidade e o bem-estar dos filhos em primeiro lugar.

Joan sentiu um ligeiro rubor ao desviar o olhar de sua imagem no espelho. Ela pensou: "Bem, é ótimo saber que se fez um bom trabalho. Nunca quis uma carreira ou algo assim. Estou bastante satisfeita em ser esposa e mãe. Casei-me com o homem que amava, e ele tem uma carreira de sucesso que talvez se deva, em parte, a mim também. Pode-se realizar tanto por influência! Querido Rodney!"

E seu coração aqueceu-se com o pensamento de que em breve, muito breve, ela veria Rodney outra vez. Joan nunca antes estivera longe dele por muito tempo. Que vida feliz e tranquila eles tinham juntos!

Bem, talvez *tranquila* fosse exagero. A vida familiar nunca era muito tranquila. Feriados, doenças infecciosas, canos rompidos no inverno. A vida era mesmo uma série de pequenos dramas. E Rodney sempre trabalhou duro, muito mais talvez do que o recomendável para a saúde dele. Ele sofreu um terrível revés naquela ocasião, seis anos atrás. Ele não havia, pensou Joan com remorso, envelhecido tão bem quanto ela. Estava bastante curvado e tinha muitos cabelos brancos. Rodney tinha também um ar cansado em torno dos olhos.

Assim era a vida, de qualquer modo. E agora, com os filhos casados, a firma indo tão bem e o novo sócio trazendo mais dinheiro, Rodney poderia descansar mais. Ele e ela teriam mais tempo para se divertir. Eles tinham de receber mais visitas, quem sabe passar uma semana ou duas em Londres, de vez em quando. Talvez Rodney quisesse jogar golfe. Sim, ela não conseguia imaginar por que ainda não o havia persuadido a jogar golfe. Era tão saudável, em especial para ele, que tinha tanto trabalho no escritório.

Tendo resolvido essa questão em sua mente, a sra. Scudamore olhou mais uma vez para o outro lado da sala de jantar, onde estava a mulher que ela acreditava ser sua antiga amiga de escola.

Blanche Haggard. Como ela havia adorado Blanche Haggard quando estudavam juntas em St. Anne! Todos eram loucos por Blanche. Ela era tão corajosa, tão divertida e, sim, tão absolutamente *adorável*. Engraçado pensar nisso agora, olhando para aquela mulher idosa, magra, agitada e desarrumada. Que roupas insólitas! E ela parecia, parecia de verdade, ter pelo menos sessenta...

"É claro", pensou Joan, "ela teve uma vida muito infeliz."

Uma impaciência momentânea tomou conta dela. A coisa toda parecia um desperdício tão gratuito. Lá estava Blanche, aos 21 anos, com o mundo aos seus pés: beleza, posição, tudo; e ela fez questão de se envolver com aquele homem execrável. Um veterinário – isso mesmo, um *veterinário*. Um veterinário com uma esposa, além de tudo, o que era pior. A família dela agiu com firmeza elogiável, mandando-a em uma volta ao mundo em um desses cruzeiros marítimos. E Blanche, apesar disso, havia desembarcado em algum lugar – Argel ou Nápoles – e retornado à Inglaterra, para seu veterinário.

E, como era de se esperar, ele perdeu a clínica, começou a beber, e sua esposa não quis divorciar-se dele. Logo eles deixaram Crayminster e, depois disso, Joan não teve notícias de Blanche por anos, até o dia em que se deparou com ela no departamento de calçados da Harrods em Londres. Depois de uma breve conversa discreta (discreta da parte de Joan, Blanche nunca se importara com discrição), ela descobriu que Blanche estava então casada com um homem chamado Holliday, que trabalhava em uma seguradora, mas Blanche achava que ele pediria demissão em breve, pois queria escrever um livro sobre Warren Hastings e dedicar a ele todo o seu tempo, não apenas escrever trechos sempre que voltava do escritório.

Joan murmurou que nesse caso imaginava que ele tivesse recursos próprios. E Blanche respondeu com entusiasmo que ele não tinha um centavo! Joan disse que talvez abrir mão do trabalho fosse pouco recomendável, a não ser que ele tivesse certeza de que o livro seria um sucesso. Foi encomendado? "Oh, querida, não", respondeu Blanche animadamente e, de fato, ela não acreditava no sucesso do livro, porque, apesar de Tom ser bastante esforçado, não escrevia muito bem. Então Joan disse com alguma firmeza que Blanche deveria colocar os pés no chão, ao que Blanche respondeu encarando-a e dizendo: "Mas ele quer escrever, pobrezinho. Quer mais do que tudo." "Às vezes", respondeu Joan, "deve-se ter cautela por dois." Blanche riu e observou que ela mesma nunca tivera cautela suficiente para um!

Pensando no assunto, Joan concluiu que, infelizmente, isso era bem verdade. Um ano depois ela viu Blanche em um restaurante com uma mulher peculiar e extravagante e dois artistas em trajes vistosos. Depois disso, o único evento que a fez lembrar-se da existência de Blanche aconteceu cinco anos mais tarde, quando esta escreveu pedindo um empréstimo de cinquenta libras. Seu garotinho, ela disse, precisava de uma cirurgia. Joan enviou-lhe 25 e uma carta gentil pedindo detalhes. A resposta foi alguns rabiscos sobre um cartão-postal: *Que bom, Joan. Eu sabia que você não me desapontaria*, o que era gratificante de certa maneira, mas não explicava nada. Depois disso, silêncio. E agora ali, na pousada de uma estação ferroviária no Oriente Médio, com lamparinas de querosene tremeluzindo e crepitando em meio aos odores de gordura de carneiro rançosa, parafina e inseticida, estava a amiga de tantos anos, incrivelmente envelhecida, endurecida e maltratada pelo tempo.

Blanche terminou primeiro seu jantar e estava saindo quando viu a outra. Ela estacou.

– Deus do céu, é Joan!

Alguns momentos depois, ela trouxe sua cadeira para a mesa de Joan, e as duas conversaram.

Em seguida, Blanche disse:

– Bem, *você* está com uma aparência ótima, querida. Parece ter trinta anos. Onde você esteve nesses anos todos? Em um congelador?

– Nem perto. Estive em Crayminster.

– Nascida, criada, casada e sepultada em Crayminster – disse Blanche.

Joan disse com uma risada:

– É um destino tão ruim assim?

Blanche balançou a cabeça.

– Não – ela respondeu com seriedade. – Eu diria que é um destino muito bom. O que aconteceu com seus filhos? Você teve filhos, não é?

– Sim, três. Um garoto e duas garotas. O garoto vive na Rodésia. As garotas estão casadas. Uma vive em Londres. Há pouco estive visitando a outra em Bagdá. Seu nome é Wray, Barbara Wray.

Blanche anuiu.

– Eu já a vi. Uma bela garota. Casou jovem demais, não foi?

– Creio que não – disse Joan severamente. – Nós todos gostamos muito de William, e eles estão felizes juntos.

– Sim, tudo parece estar bem entre eles agora. O bebê provavelmente teve essa influência. Ter um filho ajuda uma garota a sossegar. Não – acrescentou Blanche, pensativa – que isso tenha acontecido comigo. Eu gostava muito de meus garotos, Len e Mary. E, no entanto, quando Johnnie Pelham apareceu na minha vida, parti com ele e os deixei para trás sem pensar duas vezes.

Joan olhou para ela com desaprovação.

– Ora essa, Blanche – disse ela, exaltada. – Como você pôde?

– Maldade minha, não é? – respondeu Blanche. – É claro que eu sabia que eles ficariam bem com Tom. Ele sempre os adorou. Ele se casou com uma garota tranquila e caseira. É mais adequada para ele do que eu jamais seria. Ela prepara refeições decentes, remenda as roupas íntimas dele e tudo mais. Querido Tom, ele sempre foi carinhoso. Costumava me mandar um cartão no Natal e outro na Páscoa mesmo anos após termos nos separado, o que foi gentil da parte dele, você não acha?

Joan não respondeu. Estava cheia demais de pensamentos conflitantes. O principal era a surpresa de que esta, *esta*, pudesse ser Blanche Haggard, aquela garota bem-educada, espirituosa, que fora a estrela da escola St. Anne. Esta mulher promíscua, sem qualquer vergonha aparente de revelar os detalhes mais sórdidos de sua vida, e em linguagem tão vulgar! Ora, Blanche Haggard havia ganhado o prêmio de inglês em St. Anne!

Blanche voltou a um assunto anterior.

– Incrível que a pequena Barbara Wray seja sua filha, Joan. Isso apenas demonstra como as pessoas não compreendem as coisas. Todo mundo acreditava que ela era tão infeliz em casa que aceitara o primeiro homem que a pediu em casamento, a fim de fugir de lá.

– Que ridículo. De onde vêm essas histórias?

– Não consigo imaginar. Porque tenho certeza de uma coisa, Joan, e é de que você sempre foi uma mãe admirável. Não consigo imaginá-la sendo rabugenta ou rude.

– Bondade sua, Blanche. Acho que posso dizer que sempre demos às nossas crianças um lar muito feliz e fizemos o possível pela felicidade delas. Acho que é tão importante, sabe, que você seja *amiga* dos seus filhos.

– Isso é ótimo, quando se consegue.

– Oh, acho que se consegue. É apenas uma questão de lembrar-se de sua própria juventude e colocar-se no lugar dos filhos. – O rosto encantador e sério de Joan estava inclinado um pouco mais para perto de sua antiga amiga. – Rodney e eu sempre tentamos fazer isso.

– Rodney? Deixe-me ver, você casou com um advogado, não é? É claro, fui ao escritório deles na época em que Harry estava tentando divorciar-se daquela mulher horrível dele. Acho que foi com seu marido que falamos, Rodney Scudamore. Ele foi incrivelmente gentil e educado, muito compreensivo. E você aguentou firme ao lado dele durante todos esses anos. Algum romance novo?

Joan respondeu com bastante severidade:

– Nenhum de nós dois quis romances novos. Rodney e eu estamos perfeitamente contentes um com o outro.

– É claro, você sempre foi fria como uma pedra, Joan. Mas eu diria que seu marido tem um olhar bem travesso!

– Ora, Blanche!

Joan enrubesceu de raiva. "Por favor, um olhar malandro, logo Rodney!"

E subitamente, em desacordo, um pensamento dardejou e insinuou-se no panorama da mente de Joan, como havia acontecido no dia anterior, quando ela notara uma cobra aparecer de súbito e sumir nos trilhos empoeirados na frente do vagão, um mero traço verde contorcendo-se e quase desaparecendo antes que se pudesse vê-lo.

O traço consistia de três palavras, que surgiram de repente e voltaram ao esquecimento.

A garota Randolph...

Desapareceram de novo antes mesmo que ela tivesse chance de notá-las conscientemente.

Blanche estava alegremente arrependida.

– Desculpe, Joan. Vamos para a outra sala tomar um café. Eu sempre tive uma mente vulgar, você sabe.

– Oh, não. – O protesto veio rápido aos lábios de Joan, genuíno e um pouco chocado.

Blanche parecia divertir-se.

– Claro, você não se lembra? Lembra da vez em que fugi para me encontrar com o garoto do padeiro?

Joan retraiu-se. Ela havia esquecido aquele incidente. Na época parecera algo ousado e, sim, até mesmo romântico. Na verdade, fora um episódio vulgar e desagradável.

Blanche, ajeitando-se em uma cadeira de vime e chamando o garoto para trazer café, riu para si mesma.

– Que diabinha precoce eu devo ter sido! Bem, isso sempre foi minha ruína. Eu sempre gostei demais de homens. E sempre dos canalhas! Extraordinário, não é? Primeiro Harry, que era mesmo um sem-vergonha, apesar de tremendamente bonito. E então Tom, que nunca prestou para muita coisa, apesar de eu gostar dele, de certa maneira. Depois Johnnie Pelham; foi divertido enquanto durou. Gerald não valia grande coisa também...

Naquele momento o garoto trouxe o café, interrompendo assim o que Joan não conseguia deixar de considerar um catálogo peculiarmente desagradável.

Blanche percebeu a expressão dela.

– Desculpe, Joan, deixei você chocada. Você sempre foi um pouco certinha, não é?

– Sempre acreditei ser capaz de manter a mente aberta a respeito de tudo.

Joan conseguiu abrir um sorriso afável.

Ela acrescentou um tanto desajeitada:

– Eu só quis dizer que... que sinto *muito*.

– Por mim? – Blanche parecia divertir-se com a ideia. – Gentileza sua, querida, mas não desperdice seus sentimentos. Eu me diverti muito.

Joan não conseguiu evitar uma rápida olhadela. Será que Blanche não fazia ideia alguma da aparência deplorável que tinha? Seu cabelo tingido descuidadamente com hena, suas roupas um tanto sujas e extravagantes, seu rosto enrugado, abatido, uma velha, uma velha cansada, uma cigana velha e desavergonhada!

O rosto de Blanche de repente tornou-se grave, e ela disse com seriedade:

– Sim, você está bastante certa, Joan. Você fez de sua vida um sucesso. E eu, bem, fiz da minha uma bagunça. Minha situação decaiu, e a sua se elevou... Não, você ficou onde estava: uma garota de St. Anne que se casou com a pessoa certa e sempre orgulhou a velha escola!

Tentando desviar a conversa para o único assunto que ela e Blanche tinham em comum agora, Joan disse:

– Foram dias felizes, não foram?

– Mais ou menos – Blanche foi indiferente no seu elogio. – Eu me entediava às vezes. Era tudo tão presunçoso e conscientemente saudável. Eu queria sair e ver o mundo. Bem – sua boca torceu-se bem-humorada –, eu o vi. Posso dizer que o vi!

Pela primeira vez Joan abordou o assunto da presença de Blanche na pousada.

– Você vai voltar à Inglaterra? Vai embarcar no trem que sai amanhã cedo?

Ela sentiu um ligeiro aperto no coração ao fazer a pergunta. Ora, ela não queria Blanche como companheira de viagem. Um encontro ao acaso não era problema algum, mas ela tinha graves dúvidas sobre ser capaz de manter a pose de amizade durante toda a viagem através da Europa. Reminiscências dos velhos tempos logo escasseariam.

Blanche sorriu-lhe.

– Não, vou em outra direção. Para Bagdá. Rever meu marido.

– Seu marido?

Joan surpreendeu-se bastante de que Blanche tivesse algo tão respeitável quanto um marido.

– Sim, ele é engenheiro, da ferrovia. Donovan é seu nome.

– Donovan? – Joan balançou a cabeça. – Não acho que o tenha conhecido.

Blanche riu.

– Você não o teria conhecido, querida. Não é de sua classe. De qualquer maneira, bebe como um gambá. Mas tem o coração de uma criança. E isto talvez a surpreenda, mas ele me acha o máximo.

– E não deveria? – disse Joan de maneira leal e educada.

– Querida Joan... Sempre mantendo as aparências, não é? Você deve estar agradecida por eu estar indo na direção contrária. Cinco dias em minha companhia destruiriam até mesmo seu espírito cristão. Não se dê o trabalho de negar. Eu sei o que me tornei. Grosseira de corpo e mente, é isto que você estava pensando. Bem, existem coisas piores.

Em seu íntimo, Joan duvidava muito de que existissem. Parecia-lhe que a decadência de Blanche era uma tragédia de primeira grandeza.

Blanche prosseguiu:

– Espero que você faça uma boa viagem, mas duvido disso. Pelo visto, as chuvas estão começando. Se assim for, talvez você fique presa por dias, a quilômetros de qualquer lugar.

– Espero que não. Atrapalharia todas as minhas reservas de trens.

– Bem, a viagem pelo deserto raramente corre de acordo com o cronograma. Desde que você atravesse os leitos dos rios sem problemas, o resto será fácil. E, é claro, os maquinistas trazem água e alimentos suficientes. Ainda assim, pode ser um pouco aborrecido ficar presa em algum lugar sem nada para fazer a não ser pensar.

Joan sorriu.

– Poderia ser uma mudança agradável. De modo geral, nunca se tem um momento de descanso, você sabe. Com frequência desejei ter apenas uma semana sem nada para fazer.

– Eu achava que você poderia tê-las sempre que quisesse.

– Não, minha cara. Sou uma mulher muito ocupada, de meu jeito modesto. Sou a secretária da Associação de Jardins Campestres e faço parte do comitê do nosso hospital local. E há o instituto, e os guias. E participo ativamente da política. Além disso, tenho de cuidar da casa, e eu e Rodney sempre saímos ou recebemos visitantes. Sempre achei muito bom para um advogado ter várias atividades sociais. Também adoro meu jardim e gosto muito de trabalhar nele eu mesma. Você sabe,

Blanche, que são raros os momentos, exceto talvez uns quinze minutos antes do jantar, em que posso realmente sentar e descansar? Manter a leitura em dia é uma tarefa e tanto.

– Você parece estar encarando tudo isso muito bem – murmurou Blanche, seus olhos pousados sobre o rosto sem rugas da outra.

– Bem, é melhor envelhecer do que enferrujar! E devo admitir que sempre tive uma saúde maravilhosa. Sou muito grata por isso. Mas, mesmo assim, seria maravilhoso saber que se tem um dia inteiro ou mesmo dois dias sem nada para fazer a não ser pensar.

– Fico imaginando sobre o que você pensa – disse Blanche.

Joan riu. Era um ruído suave, agradável, que retinia.

– Há sempre mais do que o suficiente para se pensar, não é? – disse ela.

Blanche sorriu.

– Sempre se pode pensar nos próprios pecados!

– Sim, é verdade – Joan assentiu educadamente, sem achar graça.

Blanche a encarou com intensidade.

– O único problema é que isso não a manteria *ocupada* por muito tempo!

Ela franziu o cenho e prosseguiu abruptamente:

– Você teria de ir adiante e pensar em suas boas ações. E todas as bênçãos da sua vida! Humm, não sei. Pode ser um tanto maçante. Imagino – ela fez uma pausa – o que você descobriria sobre si mesma, se não tivesse outra coisa em que pensar durante dias e dias...

Joan parecia cética e um pouco divertida.

– Será que se descobriria algo que não se sabia antes?

Blanche falou devagar:

– Acho que é possível... – Ela estremeceu subitamente. – Eu não gostaria de tentar.

– É claro – disse Joan –, algumas pessoas são atraídas pela vida contemplativa. Eu mesma nunca fui capaz de compreender por quê. O ponto de vista místico é muito difícil de se entender. Temo que eu não tenha esse tipo de temperamento religioso. Ele sempre me pareceu bastante radical, se você me entende.

– Com certeza é mais simples – disse Blanche – fazer uso da oração mais curta que se conhece.

E, em resposta ao olhar curioso de Joan, ela disse abruptamente:

– "Deus tenha piedade de mim, uma pecadora." Ela cobre quase tudo.

Joan sentiu-se um pouco constrangida.

– Sim – disse ela. – Sim, cobre mesmo.

Blanche irrompeu em risos.

– O problema com você, Joan, é que você *não* é uma pecadora. Isso a exclui da oração! Eu, por outro lado, me adapto bem a ela. Às vezes, me parece que nunca deixei de fazer coisas que não deveria ter feito.

Joan ficou em silêncio, por não saber muito bem o que dizer.

Blanche prosseguiu em um tom mais leve.

– Bem, assim é o mundo. Abandona-se algo quando se deveria ter insistido, e investe-se em algo que seria melhor deixar de lado; em um minuto a vida é tão adorável que mal se pode acreditar que seja verdade, e, imediatamente depois disso, passa-se por um inferno de infelicidade e sofrimento! Quando as coisas estão indo bem, acha-se que durarão para sempre, mas nunca duram e, quando se está por baixo, pensa-se que nunca mais se vai subir à superfície e respirar. Assim é a vida, não é?

Isso tudo era tão alheio a qualquer conceito que Joan tinha da vida, ou à vida que havia conhecido, que ela foi incapaz de formular o que consideraria uma resposta adequada.

Com um movimento brusco, Blanche ficou de pé.

– Você está quase dormindo, Joan. Eu também. E temos de acordar cedo. Foi bom encontrá-la.

As duas mulheres ficaram paradas por um minuto, de mãos dadas. Blanche disse de maneira rápida e sem jeito, com um afeto súbito e rude em sua voz:

– Não se preocupe com sua Barbara. Ela ficará bem, tenho certeza. Sabe, Bill Wray é um bom sujeito, e há a criança e tudo mais. Ela era muito jovem, e o tipo de vida que se leva por lá, bem, às vezes sobe à cabeça de uma garota.

Joan não estava sentindo nada além de completa estupefação.

Ela disse de maneira brusca:

– Não sei o que você quer dizer com isso.

Blanche meramente a olhou com admiração.

– Esse é o espírito contemporizador à moda antiga! Nunca admita nada. Você realmente não mudou nem um pouco, Joan. A propósito, devo-lhe 25 libras. Não havia pensado nisso até este instante.

– Oh, não se preocupe.

– Não há problema – Blanche riu. – Acho que minha intenção era pagar-lhe, mas, no fim das contas, quando se empresta dinheiro a quem se conhece bem, as chances são de que não se veja esse dinheiro outra vez. Então, não me preocupei muito. Você foi uma boa amiga, Joan, aquele dinheiro foi uma bênção.

– Uma das crianças precisava de uma cirurgia, não é?

– Foi o que pensaram. Mas acabou não sendo necessária. Então, gastamos o dinheiro em uma farra e compramos também uma escrivaninha de tampo corrediço para Tom. Ele queria uma havia um bom tempo.

Instigada por uma lembrança súbita, Joan perguntou:

– Ele chegou a escrever o livro sobre Warren Hastings?

O olhar de Blanche brilhou.

– Quem diria que você se lembraria disso! Sim, escreveu, 120 mil palavras.

– Ele foi publicado?

– É claro que não! Depois disso, Tom começou uma biografia de Benjamin Franklin. Foi pior ainda. Estranho gosto, não é? Quero dizer, são pessoas tão chatas. Se eu escrevesse uma biografia, seria de alguém como Cleópatra, uma personagem sedutora, ou Casanova, quem sabe, algo picante. Bem, nem todo mundo tem as mesmas ideias. Tom conseguiu outro emprego em um escritório, não tão bom quanto o anterior. Mas sempre fico contente ao lembrar que ele se divertiu. É muito importante, você não acha, que as pessoas façam o que realmente querem fazer?

– Depende muito – disse Joan – das circunstâncias. Deve-se levar tantas coisas em consideração...

– Você não fez o que queria?

– Eu? – Joan foi pega de surpresa.

– Sim, *você* – disse Blanche. – Você queria se casar com Rodney Scudamore, não queria? E queria filhos? E uma casa confortável. – Ela riu e acrescentou: – E viver feliz para sempre, para os séculos dos séculos, amém.

Joan riu também, aliviada com o tom mais leve que a conversa havia tomado.

– Não seja ridícula. Tive muita sorte, sei disso.

E então, temendo que esta última observação tivesse sido grosseira diante da ruína e má sorte que haviam sido o quinhão de Blanche na vida, ela acrescentou apressadamente:

– Eu realmente *preciso* ir agora. Boa noite, e foi maravilhoso vê-la de novo.

Ela apertou a mão de Blanche carinhosamente (será que Blanche esperava por um beijo dela? Certamente não) e subiu a passos rápidos pela escada até seu quarto.

"Pobre Blanche", pensou Joan enquanto se despia, dobrando e guardando com cuidado suas roupas e separando um novo par de meias para a manhã seguinte. "Pobre Blanche. É muito trágico."

Ela vestiu o pijama e começou a pentear o cabelo.

"Pobre Blanche, parecendo tão feia e vulgar", pensou.

Joan estava pronta para a cama agora, mas parou, indecisa, antes de se deitar.

Não rezava, por certo, todas as noites. Na realidade já fazia bastante tempo desde que Joan havia feito qualquer tipo de prece. E ela já não ia tanto à igreja.

Mas havia a *fé*, é claro.

E ela teve um súbito e estranho desejo de ajoelhar-se agora ao lado dessa cama de aparência desconfortável (que lençóis de algodão terríveis, graças a Deus ela tinha seu próprio travesseiro macio consigo) e, bem, rezar de maneira apropriada, como uma criança.

O pensamento a deixou um tanto envergonhada e desconfortável.

Joan pulou rapidamente na cama e puxou sobre si as cobertas. Ela apanhou o livro que havia deixado na mesinha de cabeceira, *As memórias de lady Catherine Dysart,* leitura de fato estimulante, um relato muito sagaz da época vitoriana.

Ela leu uma linha ou duas, mas viu que não conseguia se concentrar.

"Estou cansada demais", ela pensou.

Ela largou o livro e apagou a luz.

Mais uma vez a ideia de oração lhe ocorreu. O que fizera Blanche dizer aquele absurdo, "isso a exclui da oração"? Ora, o que ela queria dizer com isso?

Joan formou na mente uma rápida prece, uma prece que era um entrelaçamento de palavras isoladas.

"Deus... obrigada... pobre Blanche... obrigada por eu não ser assim... misericórdia... todas as minhas bênçãos... e especialmente não como a pobre Blanche... pobre Blanche... realmente terrível. A culpa é dela própria, é claro... terrível... um choque e tanto... graças a Deus sou diferente... pobre Blanche..."

Joan caiu no sono.

Capítulo 2

Estava chovendo quando Joan Scudamore deixou a pousada na manhã seguinte, uma chuva fina e suave, que de certa forma parecia atípica daquela parte do mundo.

Ela descobriu que era a única passageira indo para oeste – pelo visto uma ocorrência incomum o suficiente, apesar de não haver muito tráfego naquela época do ano. Houvera um grande comboio na sexta-feira anterior.

Uma caminhonete de passageiros, que parecia bastante desgastada, estava esperando com um motorista europeu e outro nativo, de reserva. O gerente da pousada já estava nos degraus da entrada ao despontar a manhã para ajudar Joan a entrar no carro, gritar com os árabes até que eles ajustassem a bagagem de acordo com a vontade dele e para desejar à *mademoiselle*, como ele chamava todas suas hóspedes mulheres, uma jornada segura e confortável. Ele fez uma elegante mesura e estendeu a ela uma caixinha de papelão, que continha seu almoço.

O motorista gritou com animação:

– Até logo, Stan. Nos vemos amanhã à noite ou na semana que vem. Pelo jeito, será na semana que vem.

O carro partiu. Ele avançou tortuosamente pelas ruas da cidade oriental e seus quarteirões grotescos e inesperados de arquitetura ocidental. A buzina tocava, os burros desviavam-se, as crianças corriam. Eles saíram da cidade pelo portão ocidental e entraram em uma estrada ampla, de pavimentação desigual, que parecia importante o suficiente para ir até o fim do mundo.

Na realidade, ela sumiu abruptamente após dois quilômetros, e uma trilha irregular tomou seu lugar.

Joan sabia que, com tempo bom, durava mais ou menos sete horas a viagem até Tell Abu Hamid, que era até o momento a última estação da ferrovia turca. O trem de Istambul chegara lá pela manhã e voltaria novamente às oito e trinta daquela noite. Havia uma pequena pousada em Tell Abu Hamid para a conveniência dos viajantes, onde lhes eram servidas quaisquer refeições que precisassem. Eles deveriam encontrar o comboio vindo do leste na metade do caminho.

O trajeto agora estava muito acidentado. O carro saltava e pulava, e Joan era jogada para cima e para baixo no seu assento.

O motorista virou a cabeça para o lado e gritou que esperava que tudo estivesse bem com ela. Era um trecho ruim do caminho, mas ele queria apressar-se o máximo possível, para o caso de haver dificuldades com os dois leitos de rio que eles tinham de atravessar.

De tempos em tempos ele olhava para o céu, ansioso.

A chuva começou a ficar mais forte e o carro passou a derrapar, ziguezagueando de um lado para outro e deixando Joan um pouco enjoada.

Eles alcançaram o primeiro leito em torno das onze horas. Havia água nele, mas eles prosseguiram sobre ela e, após uma ligeira ameaça de atolarem no aclive da outra margem, conseguiram atravessar com sucesso. Aproximadamente dois quilômetros adiante eles entraram em terreno lodoso e ficaram presos ali.

Joan colocou sua capa impermeável e saiu do carro, abriu a caixa com o almoço e comeu enquanto caminhava para cá e para lá e observava os dois homens trabalhando, cavando com pás, jogando alavancas um para o outro, colocando sob as rodas tábuas que haviam trazido. Eles praguejavam e mourejavam, e as rodas giravam iradamente no ar. Parecia para Joan uma tarefa impossível, mas o motorista assegurou-lhe de que aquele local não era tão ruim. Finalmente, com brusquidão amedrontadora, as rodas firmaram-se no solo e rugiram, e o carro avançou estremecendo sobre o terreno mais seco.

Um pouco mais adiante, eles encontraram dois carros vindo na direção oposta. Todos os três pararam e os motoristas fizeram uma pequena reunião para trocar recomendações e conselhos.

Nos outros carros havia uma mulher e um bebê, um jovem oficial francês, um idoso armênio e dois ingleses que pareciam comerciantes.

Em pouco tempo eles partiram. Atolaram mais duas vezes, e o longo e laborioso processo de cavar e alavancar teve de ser feito de novo. O segundo leito de rio foi mais difícil de atravessar do que o primeiro. Já anoitecia quando eles o alcançaram e a água corria rápida em seu curso.

Joan perguntou ansiosamente:

– O trem vai esperar?

– Eles costumam esperar por até uma hora. Eles podem compensá-la durante o trajeto, mas não se demorarão além das nove e trinta. Entretanto, o caminho fica melhor daqui em diante. O solo é diferente, teremos mais deserto aberto.

Eles passaram trabalho para superar o leito do rio. A margem oposta era pura lama escorregadia. Já estava escuro quando o carro finalmente alcançou terreno seco. Dali em diante, tudo correu melhor, mas, quando chegaram a Tell Abu Hamid, eram dez e quinze, e o trem para Istambul havia partido.

Joan estava tão exausta que mal notou o ambiente que a cercava.

Ela entrou aos tropeços na sala de jantar da pousada, que era mobiliada com mesas de cavalete. Recusou comida, mas pediu chá e depois foi direto ao quarto triste e mal iluminado onde havia três camas de ferro e, tirando das malas somente os itens mais necessários, desabou numa das camas e dormiu como uma pedra.

Joan acordou na manhã seguinte se sentindo calma e competente como de costume. Ela sentou-se na cama e olhou para o relógio. Eram nove e meia. Ela se levantou, se vestiu e foi para a sala de jantar. Um hindu com um turbante elaborado enrolado em torno da cabeça apareceu, e ela pediu o café da manhã. Então caminhou sem pressa até a porta e olhou para fora.

Com uma careta bem-humorada, ela admitiu para si mesma que havia chegado ao verdadeiro meio de lugar nenhum.

Daquela vez, refletiu Joan, parecia que a viagem levaria o dobro do tempo.

Na vinda, ela havia tomado um avião do Cairo a Bagdá, uma rota nova para ela. Na realidade, levavam-se sete dias de Bagdá a Londres: três dias no trem de Londres a Istambul, dois dias até Alepo, mais uma noite até o fim da ferrovia em Tell Abu Hamid, depois um dia de carro, uma noite em uma pousada e outra viagem de carro para Kirkuk, e de lá mais um trem até Bagdá.

Não havia sinal de chuva naquela manhã. O céu estava azul e sem nuvens, e tudo que havia em volta era areia marrom-amarelada. Viam-se da pousada um emaranhado de arame farpado que cercava um depósito de latas vazias e um espaço onde algumas galinhas magras perambulavam, cacarejando alto. Nuvens de moscas estavam pousadas sobre qualquer lata que antes houvesse contido alimentos. Algo que parecia uma pilha de trapos revelou ser, ao levantar-se de repente, um menino árabe.

A uma pequena distância, do outro lado de mais um emaranhado de arame farpado, havia um prédio caindo aos pedaços que era evidentemente a estação, tendo a seu lado algo que Joan acreditava ser um poço artesiano ou um grande tanque de água. No horizonte, ao norte, havia o perfil indistinto de uma cadeia de montanhas.

Fora isso, nada. Nenhum ponto de referência, prédio, vegetação ou ser humano.

Uma estação, os trilhos de uma ferrovia, algumas galinhas e o que parecia ser uma quantidade desproporcional de arame farpado. Isso era tudo.

"É mesmo muito engraçado", pensou Joan. "Que lugar estranho para ficar presa."

O criado hindu foi até ela para anunciar que o café da manhã da *memsahib** estava servido.

Joan voltou-se para ele e entrou. A atmosfera característica de uma pousada, penumbra, gordura de carneiro, parafina e inseticida, a recebeu com um sentimento bastante desagradável de familiaridade.

Havia café e leite (leite enlatado), um prato cheio de ovos fritos, algumas torradas pequenas e duras, um pires com geleia e algumas ameixas cozidas de aparência bastante duvidosa.

Joan comeu com apetite. E logo o hindu reapareceu e perguntou a que horas a *memsahib* gostaria de almoçar.

Joan respondeu que não tão cedo, e ficou combinado que uma e meia seria uma hora conveniente.

Os trens, como ela sabia, saíam três dias por semana, nas segundas, quartas e sextas. Era terça-feira de manhã, então ela não poderia partir até a noite do dia seguinte. Ela se dirigiu ao homem, perguntando se era isso mesmo.

– Está certo, *memsahib*. Perdeu trem noite passada. Muito azar. Estrada muito ruim, chuva muito pesada na

---

* Tratamento formal dado pelos locais a senhoras europeias na Índia colonial. (N.T.)

noite. Isso quer dizer que nenhum carro pode ir e vir daqui a Mosul por alguns dias.

– Mas e os trens?

Joan não estava interessada na estrada para Mosul.

– Oh, sim, o trem vem sem problemas amanhã de manhã. Volta amanhã à noite.

Joan assentiu. Ela perguntou sobre o carro que a havia trazido.

– Partiu cedo esta manhã. Motorista não espera problemas. Mas acho que não. Acho que fica preso um ou dois dias, no caminho.

Mais uma vez, sem muito interesse, Joan considerou a opinião altamente provável.

O homem prosseguiu dando informações.

– Aquela é a estação, *memsahib*, do outro lado.

Joan disse que, por alguma razão, já havia imaginado que aquilo fosse uma estação.

– Estação turca. Estação na Turquia. Ferrovia turca. Outro lado da cerca, está vendo? Aquela fronteira de arame.

Joan olhou respeitosamente para a direção indicada e pensou como eram bizarras as fronteiras.

O hindu disse alegremente:

– Almoço uma e trinta em ponto – e voltou para a pousada. Alguns minutos mais tarde ela ouviu a voz dele gritar, aguda e irada, em algum lugar nos fundos do prédio. Duas outras vozes fizeram coro. Uma torrente de palavras altas e nervosas em árabe inundou o ambiente.

Joan se perguntou por que pousadas como aquela pareciam ser sempre administradas por hindus. Talvez eles tivessem experiência com os costumes europeus. Bem, isso não fazia diferença.

O que ela faria naquela manhã? Ela poderia continuar a ler as divertidas *Memórias de lady Catherine*

Dysart. Ou poderia escrever algumas cartas. Ela poderia enviá-las quando o trem chegasse a Alepo. Trouxera consigo um caderno de anotações e alguns envelopes. Joan hesitou na soleira da pousada. Estava escuro lá dentro e o cheiro era sufocante. Talvez ela saísse para uma caminhada.

Ela buscou seu chapéu de feltro espesso. Não que o sol fosse perigoso naquela época do ano, mas ainda assim era melhor ter cuidado. Ela colocou óculos escuros e guardou na bolsa o caderno e uma caneta-tinteiro.

Então ela saiu, passando pelo depósito e pelas latas, na direção oposta à da estação ferroviária, já que poderia haver complicações internacionais se ela tentasse cruzar a fronteira.

Ela pensou: "Como é curioso caminhar deste jeito... não há lugar algum para *onde* ir".

Era uma ideia inusitada e bastante interessante. Caminhar por dunas, charnecas, praias, estradas tinha sempre um objetivo à vista. Cruzar aquela colina, ir àquele arvoredo, àquele trecho de urze, seguir esse caminho até a fazenda, ou ao longo da estrada até a próxima cidade, ou junto às ondas até a próxima enseada.

Mas aqui apenas se *vinha*, não se ia. Saía-se da pousada, só isso. Direita, esquerda, em frente: apenas um horizonte inóspito e pardacento.

Ela seguiu passeando sem pressa. O ar estava agradável. Estava quente, mas não demais. Um termômetro, ela pensou, teria registrado vinte graus. E havia uma brisa suave, muito leve.

Ela caminhou por mais uns dez minutos antes de olhar novamente para trás.

A pousada e seus sórdidos acompanhamentos haviam se distanciado de maneira bastante conveniente. Vista dali ela parecia muito aprazível. Além dela, a estação parecia uma pequena pilha de pedras.

Joan sorriu e continuou o passeio. O ar estava mesmo delicioso! Havia uma pureza nele, um frescor. Não havia estagnação ali, nenhuma mácula de humanidade ou civilização. Sol, céu e areia, isso era tudo. Havia nisso uma qualidade inebriante. Joan respirou fundo algumas vezes. Ela estava se divertindo. Essa realmente era uma aventura e tanto! Um descanso muito bem-vindo da monotonia da existência. Ela se sentia bastante contente por ter perdido o trem. Vinte e quatro horas de absoluta quietude e paz fariam bem a ela. Não havia qualquer necessidade de retornar com urgência absoluta. Ela poderia mandar a Rodney um telegrama explicando o atraso quando chegasse a Istambul.

Velho e querido Rodney! Ela imaginou o que ele estaria fazendo naquele momento. Não, na verdade não havia nada para imaginar, porque ela sabia. Ele estaria sentado em seu escritório na firma Alderman, Scudamore & Witney, uma sala muito interessante no primeiro andar, com vista para a praça do mercado. Ele havia se mudado para ali quando o velho sr. Witney morrera. Ele gostava daquela sala. Joan lembrou-se de como, certo dia, havia entrado nela para vê-lo e o encontrara de pé junto à janela, olhando para a rua (era dia de mercado) e para um rebanho de gado que estava sendo trazido.

– Que bela manada de Durhams, aqueles ali... – disse ele.

(Ou talvez não fossem Durhams, Joan não era muito boa com os termos do campo, mas eram algo do gênero, de qualquer maneira.) E ela disse:

– Sobre a nova caldeira para o aquecimento central, acho que o orçamento de Galbraith é alto demais. Devemos ver o que Chamberlain cobraria?

Ela se lembrou da maneira lenta com que Rodney havia se voltado, tirado os óculos, esfregado os olhos e olhado para ela de maneira ausente e distante, como se não a estivesse vendo, e da forma como ele disse "caldeira?", como se fosse algum assunto difícil e remoto de que ele nunca ouvira falar, e depois completou de um jeito realmente estúpido:

– Creio que Hoddesdon esteja vendendo aquele jovem touro dele. Imagino que precise do dinheiro.

Ela achou que Rodney foi muito gentil em interessar-se tanto pelo velho Hoddesdon da fazenda Lower Mead. Pobre velho, todos sabiam que seu negócio estava indo ladeira abaixo. Mas ela gostaria que Rodney fosse um pouco mais rápido em ouvir o que se dizia a ele. Porque, afinal de contas, as pessoas esperavam que um advogado fosse esperto e alerta, e se Rodney olhasse também para os clientes daquele modo vago, poderia causar má impressão.

Então ela disse de maneira carinhosamente impaciente:

– Não fique aí *sonhando acordado*, Rodney. Estou falando da *caldeira* para o *aquecimento central*. – E Rodney observou que decerto se pediria um segundo orçamento, mas que era muito provável que os custos fossem mais altos e era melhor decidir-se de uma vez. E então ele olhou para os papéis empilhados em sua escrivaninha e disse que não queria atrapalhá-lo, parecia que ele tinha muito trabalho a fazer.

Rodney sorriu e disse que era verdade, tinha muito trabalho a fazer, e mesmo assim estivera desperdiçando seu tempo observando o mercado.

– É por isso que gosto desta sala – disse ele. – Espero ansioso pelas sextas-feiras. Ouça-os.

Ele ergueu a mão, e Joan prestou atenção e ouviu uma série de mugidos e relinchos. Tratava-se realmente de um ruído muito confuso e bastante desagradável de gado e ovelhas, mas Rodney, estranhamente, parecia gostar daquilo. Ele ficou ali parado, sua cabeça um pouco inclinada para o lado, sorrindo...

Bem, aquele não seria dia de mercado. Rodney estaria diante de sua escrivaninha, sem distrações. E seu temor de que os clientes achassem Rodney distraído era bastante infundado. Ele era, de longe, o sócio mais popular da firma. Todos gostavam dele, o que era meio caminho andado na prática de um advogado do interior.

"E se não fosse por mim", pensou Joan com orgulho, "ele teria largado tudo!"

Seus pensamentos voltaram àquele dia em que Rodney havia lhe contado sobre a oferta do tio.

Era um próspero negócio familiar à moda antiga, e sempre se teve certeza de que Rodney ingressaria nele assim que passasse nos exames da Ordem dos Advogados. Mas o tio Harry ter oferecido sociedade, e em termos tão excelentes, foi uma ocorrência inesperadamente feliz.

Joan expressou seu próprio contentamento e surpresa e congratulou Rodney calorosamente, antes de notar que ele não parecia compartilhar dos sentimentos dela. Ele chegou a proferir estas palavras inacreditáveis: "Se eu aceitar...".

Ela exclamou, decepcionada: "Mas Rodney!".

Joan se lembrava com clareza do rosto pálido e sério que ele voltara para ela. Ela não havia percebido antes como Rodney era nervoso. Suas mãos tremiam enquanto puxavam folhas de grama. Havia um curioso olhar suplicante em seus olhos escuros. Ele disse:

– Eu odeio a vida de escritório. Odeio.

Joan foi rápida em demonstrar que compreendia.

– Eu sei, querido. O trabalho tem sido terrivelmente enfadonho e duro, pura amolação, nem mesmo interessante. Mas uma sociedade é diferente, quero dizer, você terá participação em tudo.

– Em contratos, empréstimos, propriedades, cláusulas, enquanto que, no que tange à presente contingência...

E ele desfiou uma absurda sucessão de tagarelice jurídica, sua boca sorridente, seus olhos tristes e suplicantes; suplicando a ela com fervor. E Joan amava tanto Rodney.

– Mas sempre se teve como certo que você entraria para a firma.

– Eu sei, eu sei. Mas como eu poderia saber que odiaria tanto o escritório?

– Mas, quero dizer... o que mais você poderia... o que você quer fazer?

E ele respondeu, de maneira rápida e ansiosa, as palavras saindo-lhe aos borbotões:

– Quero ser fazendeiro. A Little Mead está à venda. Está em más condições. Horley foi negligente, mas é por isso que se pode comprá-la barato, e, veja bem, é uma terra boa...

E ele continuou falando rápido, delineando planos, usando termos técnicos que a deixaram bastante perdida, pois ela não sabia nada sobre trigo, cevada ou rotação de culturas, ou de raças puras ou rebanhos para produção de leite.

Ela só conseguiu dizer, com voz desanimada:

– Little Mead... Mas isso fica perto de Asheldown, a quilômetros de qualquer lugar.

– É uma boa terra, Joan, e bem localizada...

Ele começou de novo. Joan não fazia ideia de que Rodney pudesse ficar tão empolgado, conseguisse falar tanto e com tamanha animação.

Ela disse, em dúvida:

– Mas, querido, é possível ganhar a vida com isso?

– Ganhar a vida? Sim... Uma vida modesta, pelo menos.

– É a isso que me refiro. Todos dizem que fazendeiros não ganham dinheiro.

– E é verdade. A não ser que você seja sortudo como o diabo ou tenha bastante capital.

– Bem, veja só... quero dizer, não é *viável*.

– Mas é sim, Joan. Lembre-se de que tenho um pouco de dinheiro e, assim que a fazenda começar a cobrir as despesas e dar algum lucro, ficaremos bem. E pense na vida maravilhosa que teríamos! É ótimo viver em uma fazenda!

– Não acredito que você saiba coisa alguma sobre isso.

– Sim, eu sei. Você não sabia que o pai da minha mãe era um grande fazendeiro em Devonshire? Nós passávamos nossas férias lá quando éramos crianças. Nunca me diverti tanto.

"É verdade o que se diz", ela pensara, "homens são como crianças..."

Ela disse carinhosamente:

– Tenho certeza de que se divertiu, mas a vida não são férias. Temos um futuro em que pensar, Rodney. Há Tony.

Pois Tony era um bebê de onze meses então.

Ela acrescentou:

– E pode haver... outros.

Ele lançou-lhe um rápido olhar indagador, e Joan sorriu e anuiu com a cabeça.

– Mas você não compreende, Joan, que isso torna tudo ainda melhor? Uma fazenda é um bom lugar para crianças. É saudável. Eles terão ovos e leite frescos, poderão correr por toda parte e aprender a cuidar dos animais.

– Mas, Rodney, há uma série de outras coisas a considerar. Há a escola das crianças. Elas terão de frequentar boas escolas. E isso é caro. E botas e roupas e dentistas e médicos. E colocá-las em contato com bons amigos. Você não pode fazer somente o que *você* quer. Você tem de levar os filhos em consideração, se for colocá-los no mundo. Afinal de contas, você é responsável por eles.

Rodney continuava obstinado, mas desta vez havia dúvida em sua voz:

– Eles seriam felizes...

– Não é viável, Rodney, realmente não é. Ora, se você entrar para a firma, poderá ganhar até duas mil libras por ano, algum dia.

– Acho que sem problema algum. O tio Harry ganha mais do que isso.

– Ora! Está vendo! Você não pode jogar fora uma oportunidade dessas. Seria uma loucura.

Ela falou de maneira muito decidida, muito positiva. Joan percebeu que tinha de ser firme quanto a isso. Ela deveria pensar pelos dois. Se Rodney era cego para o que era melhor para ele, ela tinha de assumir a responsabilidade. Essa ideia de ser fazendeiro era adorável, mas muito tola e ridícula. Ele estava agindo como um garotinho. Joan sentiu-se forte, confiante e maternal.

– Não pense que não o compreendo ou que não simpatizo com seu projeto, Rodney – disse ela. – Compreendo, sim. Mas é uma dessas coisas que estão fora da realidade.

Ele a interrompeu para dizer que o trabalho da fazenda era real o suficiente.

– Sim, mas não faz parte do panorama. Do *nosso* panorama. Aqui há um negócio familiar maravilhoso com um cargo de primeira classe para você, e uma proposta incrivelmente generosa de seu tio...

– Sim, eu sei. É muito melhor do que eu esperava.

– E você não pode, de maneira alguma, recusá-la! Você se arrependeria pelo resto da vida se o fizesse. Você sentiria uma culpa terrível.

Ele murmurou:

– Aquele escritório maldito!

– Ah, Rodney, você não o odeia tanto quanto pensa.

– Sim, odeio. Lembre-se de que trabalhei lá por cinco anos. Sei como me sinto a respeito.

– Você se acostumará. E será diferente daqui para frente. Bem diferente. Quero dizer, sendo sócio. E você acabará por se interessar bastante pelo trabalho e pelas pessoas que você encontrará. Espere e verá, Rodney, você será feliz por completo.

Ele a encarou então com um olhar longo e triste. Havia nele amor, desespero e algo mais, algo que talvez fosse uma última chama tênue de esperança...

– Como você sabe – ele perguntou – que serei feliz?

E ela respondeu de maneira jovial e animada:

– Tenho certeza de que será. Você verá.

E Joan anuiu, satisfeita e convicta.

Ele suspirou e disse abruptamente:

– Tudo bem, então. Será como você achar melhor.

"Sim", pensou Joan, "aquela havia passado perto." Que sorte de Rodney ela haver se mantido firme e não ter permitido que ele jogasse fora a carreira por um mero capricho passageiro! "Homens", ela pensou, "fariam de suas vidas uma tremenda confusão, se não fossem as mulheres. Mulheres tinham estabilidade, senso de realidade..."

Sim, Rodney teve sorte de ela estar ali.

Joan olhou para seu relógio de pulso. Dez e meia. Não havia sentido em se afastar demais, sobretudo (ela sorriu) porque não havia lugar nenhum para onde ir.

Ela olhou para trás. Extraordinário, a pousada estava quase fora de vista. Havia se misturado à paisagem de modo que mal se podia vê-la. Joan pensou que deveria tomar cuidado para não se afastar demais. Ela poderia se perder.

Uma ideia ridícula... Não, talvez nem tão ridícula, no fim das contas. Aquelas colinas ao longe estavam quase desaparecendo, indistinguíveis das nuvens. A estação não existia.

Joan olhou à sua volta com satisfação. Nada. Ninguém.

Ela sentou-se graciosamente no chão. Abrindo sua sacola, Joan tirou o bloco de anotações e a caneta-tinteiro. Ela escreveria algumas cartas. Seria divertido contar para outras pessoas o que estava sentindo.

Para quem ela escreveria? Lionel West? Janet Annesmore? Dorothea? Pensando bem, talvez para Janet.

Joan tirou a tampa da caneta. Com sua caligrafia fluente, ela começou a escrever:

Caríssima Janet,
Você nunca adivinharia onde estou escrevendo esta carta! No meio do deserto. Estou abandonada aqui até que chegue o próximo trem; eles só saem três vezes por semana.
Há uma pousada cujo dono é hindu, um monte de galinhas, alguns árabes esquisitos e eu. Não há ninguém com quem conversar e nada para fazer. Não tenho palavras para explicar como estou gostando da experiência.
O ar do deserto é maravilhoso, o frescor é inacreditável. E a tranquilidade, você teria de senti-la para compreender do que estou falando. É como se, pela primeira vez em anos, eu pudesse ouvir meus próprios pensamentos! Levamos uma vida tão terrivelmente ocupada, sempre correndo de um lado para outro. Creio que não há como fugir disso, mas deveríamos reservar algum tempo para intervalos de reflexão e descanso.

Só estou aqui há meio dia, mas já me sinto muitíssimo melhor. Não há pessoas. Nunca percebi o quanto queria me afastar das pessoas. É calmante para os nervos saber que à sua volta, por centenas de quilômetros, não há nada a não ser areia e sol...

A caneta de Joan continuou correndo constante sobre o papel.

Capítulo 3

Joan parou de escrever e olhou para seu relógio. Meio-dia e quinze.

Ela havia escrito três cartas, e sua caneta já estava sem tinta. Joan observou também que havia quase terminado o bloco de anotações. Isso a deixou bastante aborrecida. Havia várias outras pessoas para quem ela poderia ter escrito.

No entanto, ela ponderou, havia certa mesmice na escrita, depois de um tempo... O sol e a areia e como era adorável ter tempo para descansar e pensar! Tudo muito verdadeiro, mas era cansativo tentar colocar no papel os mesmos fatos de maneira um pouco diferente de cada vez...

Ela bocejou. O sol já a havia deixado um pouco sonolenta. Após o almoço ela deitaria na cama e dormiria.

Joan se levantou e caminhou lentamente de volta para a pousada.

Ela se perguntou o que Blanche estaria fazendo naquele momento. Ela já deveria estar em Bagdá, com o marido. Ele parecia ser um tipo medonho de homem. Pobre Blanche, que terrível, decair dessa maneira. Se não fosse por aquele belo e jovem veterano, Harry Marston, se Blanche tivesse conhecido um homem bom como Rodney. A própria Blanche disse que Rodney era encantador.

Sim, e Blanche havia dito algo mais. O que foi? Algo a respeito de Rodney ter um olhar travesso. Que expressão ordinária, e absolutamente inverídica! *Absolutamente* inverídica! Rodney nunca o teve, nem sequer uma vez...

O mesmo pensamento de antes, mas não tão serpentino em sua rapidez, passou pela mente de Joan.

A garota Randolph...

"Ora", pensou Joan indignada, passando de repente a caminhar um pouco mais rápido, como se quisesse ultrapassar alguma ideia indesejável, "não consigo imaginar por que continuo pensando na garota Randolph. Não é como se Rodney..."

"Quero dizer, nada aconteceu..."

"Nada mesmo..."

Myrna Randolph era apenas aquele tipo de garota. Uma garota grande, morena, de aparência exuberante. Uma garota que, caso gostasse de um homem, não parecia mostrar qualquer hesitação em alardear o fato.

Falando com franqueza, ela estava se jogando sobre Rodney. Não parava de dizer o quanto ele era maravilhoso. Sempre o queria como parceiro de tênis. Chegou a adquirir o hábito de ficar sentada em silêncio durante os jantares, devorando-o com os olhos.

Era natural que Rodney ficasse um pouco lisonjeado. Qualquer homem ficaria. Na realidade, teria sido bastante ridículo se Rodney não houvesse ficado lisonjeado e satisfeito com as atenções de uma garota que era muito mais jovem do que ele e uma das mais bonitas da cidade.

Joan pensou consigo mesma: "Se eu não tratasse a coisa toda com tato e inteligência...".

Ela analisou sua conduta com um ligeiro brilho de aprovação própria. Ela havia lidado com a situação muito bem, muito bem mesmo. O toque sutil.

– Sua namorada está esperando por você, Rodney. Não a deixe esperando... Myrna Randolph, é claro... Oh, sim, ela, querido... É verdade que às vezes se comporta de maneira ridícula.

Rodney resmungou.

– Não quero jogar tênis com a garota. Coloque-a em outra partida.

— Ora, não seja indelicado, Rodney. Você tem de jogar com ela.

Esta era a maneira certa de se lidar com as coisas: com graça e leveza. Deixando bem claro que ela sabia que não poderia haver nada sério naquilo...

Deve ter sido bom para Rodney, embora ele tenha resmungado e fingido estar incomodado. Myrna Randolph era o tipo de garota que quase todo homem achava atraente. Ela era volúvel e tratava todos os seus admiradores com profundo desdém, dizendo-lhes coisas rudes e depois os atraindo de volta com um olhar esquivo.

"Era mesmo", pensou Joan (com uma intensidade que era incomum nela), "uma garota muito detestável. Fazendo tudo o que podia para acabar com minha vida de casada."

Não, ela não culpava Rodney. Ela culpava a garota. Homens se deixavam persuadir com muita facilidade. E Rodney estava casado, então, havia quantos anos? Dez? Onze? Dez anos eram o que os escritores chamavam de um período perigoso no casamento. Uma fase em que uma ou outra parte tinha a tendência de sair dos trilhos. Uma fase para se superar com todo cuidado, até que se estabelecessem, depois dela, condições mais firmes e confortáveis.

E ela e Rodney haviam...

Mas ela não culpava Rodney, nem mesmo por aquele beijo que ela havia surpreendido.

E debaixo do visco!

Isso foi o que a garota teve o descaramento de dizer quando ela entrou no gabinete.

— Estamos batizando o visco, sra. Scudamore. Espero que a senhora não se importe.*

---

* Trata-se da tradição anglo-saxã que determina que pessoas de sexo oposto, ao se encontrarem sob o visco (arbusto parasita que cresce nos galhos das árvores), troquem um beijo, em sinal de amizade e boa vontade. (N.T.)

"Bem", pensou Joan, "mantive a minha cabeça no lugar e não deixei transparecer nada."

– Agora tire suas mãos de meu marido, Myrna! Vá encontrar um rapaz para você.

E ela expulsou Myrna do aposento em meio a risos, como se tudo fosse uma piada.

E então Rodney disse:

– Desculpe-me, Joan. Mas ela é uma menina atraente, e é Natal.

Ele ficou parado ali sorrindo para ela, desculpando-se, mas sem parecer envergonhado ou incomodado de verdade. O que mostrava que a coisa não fora longe.

E não avançaria mais! Ela estava decidida. Tomou todas as providências para tirar Rodney do caminho de Myrna Randolph. E, na Páscoa seguinte, Myrna noivou com o garoto de Arlington.

Desse modo, todo o incidente não teve importância alguma. Talvez Rodney tenha se divertido um pouco. Pobre e velho Rodney, ele merecia um pouco de diversão. Trabalhava tanto!

Dez anos, sim, foi um período perigoso. Até ela mesma lembrava-se de ter sentido certa inquietação...

Aquele rapaz de aparência rebelde, aquele artista, qual era mesmo o nome dele? Ela não conseguia lembrar. Ela não estivera um pouco atraída por ele?

Joan admitiu para si mesma com um sorriso que de fato teve, sim, apenas uma queda por ele. Ele foi tão sincero, a olhou com uma intensidade tão ingênua. Então perguntou se ela posaria para ele.

É claro que era uma desculpa. Ele fez um ou dois esboços a carvão e então os rasgou. Não conseguia "captá-la" em uma tela, disse ele.

Joan lembrou-se de seus próprios sentimentos, sutilmente lisonjeados e satisfeitos. "Pobre garoto", ela pensara, "temo que ele tenha sentimentos verdadeiros por mim."

Sim, aquele havia sido um mês agradável...

Embora seu término tenha sido bastante desconcertante. Nem um pouco de acordo com o planejado. Na realidade, demonstrou apenas que Michael Callaway (Callaway, este era o seu nome, é claro!) era uma pessoa inadequada por completo.

Eles saíram para um passeio juntos, ela lembrava, no bosque de Hailing, junto ao caminho onde o rio Medaway desce serpenteando do cume de Asheldown. Ele a havia convidado com uma voz abafada, tímida.

Joan havia imaginado a provável conversa. Ele diria, talvez, que a amava, e ela seria muito doce, gentil, compreensiva e um pouco, só um pouco, arrependida. Ela pensou em várias coisas encantadoras que poderia dizer, coisas que Michael talvez gostasse de lembrar no futuro.

Mas as coisas não tinham saído daquele jeito.

Não tinham saído daquele jeito mesmo!

Em vez disso, Michael Callaway a havia agarrado e beijado sem aviso, com uma violência e brutalidade que a deixaram momentaneamente sem ar. Ao soltá-la ele observou, em voz alta e autocongratulatória:

– Meu Deus, eu precisava disso! – e passou a encher um cachimbo, com total despreocupação e parecendo surdo às censuras iradas dela.

Ele apenas disse, estirando os braços e bocejando:

– Sinto-me muito melhor agora.

"Era exatamente", pensou Joan, lembrando da cena, "o que um homem diria após beber de um gole só um copo de cerveja em um dia quente."

Eles caminharam de volta em silêncio depois disso, isto é, em silêncio da parte de Joan. Michael Callaway parecia, pelos estranhos ruídos que fazia, estar tentando cantar. Quando saíram do bosque, um pouco antes de chegarem à estrada principal de Wopling, que ia até a praça do mercado de Crayminster, ele fez uma pausa e analisou-a friamente, e então observou, em tom contemplativo:

– Sabe, você é o tipo de mulher que deveria ser estuprada. Poderia fazer-lhe bem.

E, enquanto ela ficava paralisada, muda de raiva e surpresa, ele acrescentou alegremente:

– Eu mesmo gostaria bastante de estuprá-la e ver se você pareceria pelo menos um pouco diferente depois.

Então ele entrou na estrada principal e, desistindo de tentar cantar, assoviou com alegria.

Naturalmente ela nunca mais falou com Michael, e ele deixou Crayminster alguns dias depois.

Um incidente estranho, confuso e bastante perturbador. Não era um incidente de que Joan quisesse se lembrar. Na realidade, ela achava inusitado tê-lo lembrado logo agora...

O episódio foi horrendo, bastante horrendo.

Ela o tiraria da cabeça agora. Afinal de contas, ninguém quer lembrar coisas desagradáveis quando se tem sol, areia e repouso. Havia tantas coisas para se pensar que eram agradáveis e estimulantes!

Talvez o almoço estivesse pronto. Joan olhou o relógio, mas viu que eram apenas quinze para uma.

Quando ela voltou para a pousada, foi para o quarto e vasculhou sua mala para ver se havia trazido mais papel para escrever. Não, não havia. Bem, isso não importava. Ela estava cansada de escrever cartas. Não havia muito o que dizer. Não se podia escrever sempre as mesmas coisas. Que livros ela tinha? *Lady Catherine*, é claro. E uma história de detetive que William havia-lhe dado antes de ela partir. Gentil da parte dele, mas Joan não gostava muito de histórias de detetive. E *A casa do poder*, de Buchan. Certamente era um livro muito antigo. Ela o tinha lido anos atrás.

Bem, ela poderia comprar mais alguns livros na estação em Alepo.

O almoço consistia de uma omelete (um tanto dura e queimada), ovos ao curry, um prato de salmão (enlatado), feijão cozido e pêssegos em lata.

Foi uma refeição bastante pesada. Após almoçar, Joan foi deitar-se. Dormiu por 45 minutos, então acordou e leu *Lady Catherine Dysart* até a hora do chá.

Ela tomou chá (com leite enlatado) e biscoitos, saiu para um passeio, voltou e terminou *Lady Catherine Dysart*. Depois jantou: omelete, salmão ao curry e arroz, um prato de ovos e feijões cozidos e damascos enlatados. Após o jantar, ela começou a história de detetive e a terminou no momento em que estava pronta para ir para a cama.

O hindu disse alegremente:

— Boa noite, *memsahib*. Trem chega às sete e trinta amanhã de manhã, mas não parte até a noite, oito e meia.

Joan anuiu com a cabeça.

Haveria mais um dia para se passar. Ela ainda tinha *A casa do poder*. Pena que era tão curto. Então uma ideia lhe ocorreu.

— Haverá viajantes chegando com o trem? Mas suponho que eles irão direto a Mosul, não é?

O homem balançou a cabeça.

— Não amanhã, acho. Nenhum carro chega hoje. Acho que estrada para Mosul muito ruim. Tudo atolado por muitos dias.

Joan animou-se. Viajantes do trem do dia seguinte desembarcariam na pousada. O que seria ótimo, pois decerto haveria alguém com quem seria possível conversar.

Ela foi para cama sentindo-se mais contente do que dez minutos antes. Pensou: "Há algo na atmosfera deste lugar. Acho que é esse cheiro terrível de gordura rançosa! É muito deprimente".

Ela acordou na manhã seguinte, às oito em ponto, levantou-se, vestiu-se e foi para a sala de jantar. A mesa estava posta para somente uma pessoa. Ela chamou, e o hindu entrou.

Ele parecia nervoso.

– Trem não vem, *memsahib*.

– Não vem? Vai atrasar, é isso?

– Não vem mais. Muita chuva na ferrovia, do outro lado em Nissibin. Linha levada pela água, nenhum trem passar por três, quatro, cinco, seis dias talvez.

Joan olhou para ele com desalento.

– Mas o que vou fazer, então?

– A senhora fica aqui, *memsahib*. Muita comida, muita cerveja, muito chá. Muito bom. Espera até trem chegar.

"Oh, Deus", pensou Joan, "estes orientais. O tempo não significa nada para eles."

Ela disse:

– Eu não poderia conseguir um carro?

Ele pareceu achar engraçado.

– Carro a motor? Onde a senhora conseguiria carro a motor? Estrada para Mosul muito ruim, tudo atolado do outro lado do leito do rio.

– Você não pode telefonar para alguém nas próximas estações?

– Telefonar onde? Linha turca. Turcos pessoas muito difíceis, não fazem nada. Eles só dirigem trem.

Joan encontrou forças para algo que ela esperava que soasse como bom humor: isto é *realmente* estar cortada da civilização! Nada de telefone, telegrama ou carro.

O hindu disse para confortá-la:

– Muito bom tempo, bastante comida, tudo muito confortável.

"Bem", pensou Joan, "o tempo certamente está bom. Ainda bem. Seria péssimo se eu tivesse de ficar sentada aqui dentro o dia inteiro."

Como se estivesse lendo os pensamentos dela, o homem disse:

– Tempo bom aqui, chuva muito rara. Chuva mais perto de Mosul, seguindo a ferrovia.

Joan sentou-se no lugar posto à mesa e esperou que trouxessem seu café da manhã. Ela havia superado seu desalento momentâneo. Não valia a pena reclamar, ela tinha bom senso demais para isso. Essas situações não se podia evitar. Mas era uma perda de tempo bastante irritante.

Ela pensou com um meio sorriso: "Pelo visto, o que disse a Blanche era um desejo que se tornou realidade. Eu disse que ficaria feliz em dar um descanso para meus nervos. Bem, foi o que consegui! Não há qualquer coisa para fazer aqui. Nem mesmo algo para ler. De fato, deverá fazer-me bem. Repouso no deserto".

A lembrança de Blanche trouxe alguma associação um pouco desagradável, algo que definitivamente ela não queria lembrar. Na realidade, por que pensar em Blanche?

Ela saiu depois do café da manhã. Como antes, caminhou até uma distância razoável da pousada e então se sentou no chão. Por algum tempo ela ficou imóvel, os olhos entreabertos.

"Maravilhoso", ela pensou, "sentir a paz e o silêncio fluindo com suavidade para dentro de si." Joan podia *sentir* o bem que isso lhe fazia. O ar curativo, o adorável sol quente, a paz que envolvia tudo.

Ela ficou assim por mais alguns momentos. Então Joan olhou de relance para seu relógio. Eram 10h10 da manhã.

Ela pensou: "A manhã está passando bem rápida...".

E se ela escrevesse algumas linhas para Barbara? Era extraordinário que ela não houvesse pensado no dia anterior em escrever para Barbara, em vez daquelas cartas bobas para amigos na Inglaterra.

Ela tirou seu bloco e caneta e escreveu.

Querida Barbara. Não estou tendo muita sorte nesta viagem. Perdi o trem noturno da segunda-feira e agora parece que estou presa aqui pelos próximos dias. É muito tranquilo, e o sol é adorável, o que me faz bastante feliz.

Ela fez uma pausa. O que dizer em seguida? Algo sobre o bebê, ou William? Que diabos Blanche queria dizer com "*não se preocupe com Barbara*"? É claro! É por isso que Joan não queria pensar em Blanche. Ela havia sido tão esquisita nas coisas que disse sobre Barbara.

Como se ela, mãe de Barbara, não soubesse de tudo que havia para se saber sobre sua própria filha.

"*Tenho certeza de que ela está bem agora.*" Isso significava que as coisas *não haviam* andado bem?

Mas de que maneira? Blanche insinuara que Barbara era jovem demais para ter casado.

Joan se mexeu, inquieta. Na época, ela lembrou, Rodney havia dito algo nesse sentido. Ele disse de repente, e de uma maneira peremptória, que lhe era incomum:

– Não estou feliz com esse casamento, Joan.

– Oh, Rodney, mas *por quê*? Ele é tão gentil, e eles parecem combinar tão bem.

– Ele é um rapaz muito legal, mas ela não o ama, Joan.

Ela ficou pasma, absolutamente pasma.

– Rodney, por favor, que *ridículo*! É *claro* que ela está apaixonada! De outro modo, que motivo ela teria para querer se casar com ele?

Ele respondeu de maneira obscura:

– É isso que eu temo.

– Mas, querido, *por favor*, você não está sendo um pouco ridículo?

Ele disse, sem dar atenção ao tom propostal de despreocupação:

– Se ela não o ama, não deve se casar com ele. Barbara é jovem demais para isso e tem um temperamento muito forte.

– Bem, Rodney, o que *você* sabe sobre temperamento?

Ela não conseguia deixar de achar graça.

Mas Rodney não chegou nem a sorrir. Ele disse:

– Garotas se casam às vezes apenas para deixar suas famílias.

Com isso, ela riu abertamente.

– Não famílias como a de Barbara! Ora, nenhuma garota teve uma vida familiar mais feliz.

– Você realmente acha que isso é verdade, Joan?

– É claro. Tudo sempre foi perfeito para nossos filhos aqui.

Ele disse lentamente:

– Eles não parecem trazer seus amigos para casa muitas vezes.

– Ora, querido, eu estou sempre dando festas e convidando jovens! Faço questão disso. É a própria Barbara que está sempre dizendo que ela não quer festas e convidar pessoas.

Rodney balançou a cabeça de maneira confusa, pouco convencido.

E mais tarde, naquela noite, ela entrou na sala enquanto Barbara exclamava impacientemente:

— Não há jeito, papai, eu tenho de sair daqui. Não aguento mais, e não me diga para arranjar um emprego em algum lugar, porque eu odiaria.

— O que está acontecendo? — disse Joan.

Após uma pausa, uma pausa muito rápida, Barbara se explicou, com o rosto vermelho de revolta.

— É apenas papai achando que sabe o que é melhor para mim! Ele quer que meu noivado dure anos. Eu disse a ele que não posso esperar e que quero me casar com William e ir embora para Bagdá. Acho que será maravilhoso lá.

— Ah, querida — disse Joan ansiosamente. — Eu gostaria que não fosse tão longe. Gostaria de mantê-la sob minhas vistas, de certo modo.

— *Mãe!*

— Eu sei, querida, mas você não percebe o quanto é jovem e inexperiente. Eu poderia ajudá-la muito se você não fosse viver em um lugar tão distante.

Barbara sorriu e disse:

— Bem, parece que terei de ir sem o benefício de sua experiência e sabedoria.

E, enquanto Rodney saía devagar da sala, ela correu atrás dele e subitamente lançou-lhe os braços em torno do pescoço, apertando-o contra si e dizendo:

— Querido papai! Querido, querido, querido...

"Realmente", pensou Joan, "a garota está se tornando bastante expansiva." Mas isso demonstrava, de qualquer maneira, o quanto as ideias de Rodney estavam erradas. Barbara estava apenas entusiasmada com a ideia de partir para o Oriente com seu William, e era encantador ver dois jovens apaixonados e tão cheios de planos para o futuro.

Era extraordinário que circulasse por Bagdá essa ideia de que Barbara tivera uma vida familiar infeliz.

Mas aquele era um lugar que parecia repleto de fofocas e rumores, de tal maneira que mal se podia mencionar alguém em uma conversa.

O major Reid, por exemplo.

Ela mesma nunca conheceu o major Reid, mas ele havia sido mencionado com bastante frequência nas cartas de Barbara. O major Reid jantou com eles. Eles foram caçar com o major Reid. Barbara passou o verão em Arkandous. Ela e outra jovem casada dividiram um bangalô, e o major Reid esteve por lá na mesma época. Eles jogaram muito tênis juntos. Mais tarde, Barbara e ele venceram o torneio de duplas mistas no clube.

Então, era bastante natural que Joan perguntasse alegremente sobre o major Reid, que dissesse que tinha ouvido falar tanto dele que ansiava por conhecê-lo.

Foi risível o embaraço que a pergunta dela causou. Barbara ficou bastante pálida, William enrubesceu e, após um minuto ou dois, ele resmungou com uma voz muito estranha:

– Já não o vemos mais, agora.

O tom dele foi tão desagradável que ela não quis dizer mais nada. Mais tarde, porém, quando Barbara foi para a cama, Joan retomou o assunto, dizendo de maneira sorridente que temia ter cometido uma gafe. Ela pensava que o major Reid fosse um amigo bastante íntimo.

William se levantou e bateu seu cachimbo contra a lareira.

– Não sei – disse vagamente. – Caçamos um pouco juntos e tudo mais. Mas faz um bom tempo que não o vemos.

"Não foi uma explicação muito boa", pensou Joan. Ela sorriu para si mesma, homens eram tão transparentes. Ela divertiu-se um pouco com a antiquada reserva de

William. Ele provavelmente a considerava uma mulher muito afetada, moralista – uma rematada sogra.

– Compreendo – disse ela. – Houve algum escândalo.

– O que a senhora quer dizer com isso? – William voltou-se para ela, irado.

– Meu caro rapaz! – Joan sorriu para ele. – É bastante óbvio, pelas suas maneiras. Suponho que você descobriu alguma coisa sobre ele e teve de se distanciar. Não farei perguntas. Sei que essas coisas são muito dolorosas.

William disse lentamente:

– Sim, sim, a senhora está certa. Elas *são* dolorosas.

– Costuma-se avaliar as pessoas pelo juízo que elas fazem de si mesmas – disse Joan. – Assim, quando se descobre que se esteve errado, é tudo tão inoportuno e desagradável.

– Ele saiu do país. Isso foi bom – disse William. – Foi para a África Ocidental.

E de súbito Joan se lembrou de alguns trechos de conversas ouvidas ao acaso certo dia, no Alwyah Club. Algo sobre Nobby Reid partir para Uganda.

Uma mulher havia dito:

– Pobre Nobby, não é mesmo culpa dele que todas as idiotinhas por aí o perseguem.

E outra mulher, mais velha, riu com despeito e disse:

– Ele passa trabalho com elas. Garotinhas inocentes, é disso que Nobby gosta. A noiva ingênua. E devo dizer que ele tem uma técnica maravilhosa! Ele pode ser terrivelmente atraente. A garota sempre acha que ele está apaixonadíssimo por ela. Em geral, este é o momento em que ele começa a pensar em passar para a seguinte.

– Bem – disse a primeira mulher. – *Nós* todas sentiremos falta dele. Ele é tão divertido.

A outra riu.

– Há alguns maridos que não lamentarão vê-lo partir! Na realidade, muito poucos homens gostam dele.

– O fato é que ele aprontou tantas que já não pode permanecer aqui.

Então a segunda mulher disse:

– Shh – e baixou sua voz, e Joan não ouviu mais nada. Na época, ela mal prestou atenção à conversa, mas lembrava dela agora e sentia-se curiosa.

Se William não queria falar sobre o assunto, talvez Barbara fosse menos arredia.

Mas, em vez disso, Barbara respondeu de maneira bastante clara e grosseira.

– Não quero falar sobre isso, mãe, está bem?

Barbara, refletiu Joan, nunca queria falar sobre nada. Ela havia sido incrivelmente reticente e sensível sobre sua doença e o que a causou. Alguma forma de envenenamento havia começado tudo, e naturalmente Joan achara que fora uma intoxicação alimentar de algum tipo. A intoxicação por ptomaína era muito comum em climas quentes, era o que ela acreditava. Mas tanto William quanto Barbara não estiveram nem um pouco dispostos a entrar em detalhes, e mesmo o médico a quem ela naturalmente procurou em busca de informações, por ser mãe de Barbara, revelou-se taciturno e pouco comunicativo. Sua principal preocupação era ressaltar que não se deveria perguntar nada à sra. Wray sobre sua doença nem encorajá-la a falar sobre o assunto.

– Tudo de que ela precisa agora é cuidado e recuperação. "Comos" e "porquês" são tópicos de discussão pouco proveitosos, e falar sobre tudo isso não fará bem algum à paciente. E com isso refiro-me à senhora, sra. Scudamore.

Joan o achou um homem desagradável e amargo nem um pouco impressionado, como bem poderia ter ficado, pela dedicação de uma mãe que viera da Inglaterra com urgência.

Bem, Barbara ficou agradecida, de qualquer modo. Pelo menos era o que Joan achava... Ela certamente agradeceu à sua mãe com muita elegância. William também disse como ela havia sido bondosa.

Joan disse que gostaria de ficar se pudesse, e William respondeu que também gostaria. E ela disse então que eles não deveriam pressioná-la, porque seria tentador demais e ela adoraria passar um inverno em Bagdá – mas, afinal de contas, havia o pai de Barbara a considerar, e não seria justo com ele.

E Barbara, com uma voz baixa e tênue, comentou:

– Querido papai... – E após alguns momentos disse:

– Veja bem, mãe, por que você não fica?

– Você tem de pensar em seu pai, querida.

Barbara disse com aquela voz seca e bastante peculiar que usava às vezes que *estava* pensando nele, mas Joan respondeu que não, ela não poderia deixar o velho e querido Rodney nas mãos dos criados.

Houve um momento, alguns dias antes da sua partida, em que ela quase mudou de ideia. Ela poderia, de qualquer maneira, ficar por mais um mês. Mas William havia destacado com tamanha eloquência as incertezas da viagem pelo deserto em plena estação chuvosa, que ela ficara bastante alarmada e decidira que era melhor ater-se ao plano original. Depois disso, William e Barbara haviam sido tão bons para ela que Joan quase mudou de ideia outra vez, mas não o suficiente.

No entanto, mesmo que ela houvesse partido em um período bem posterior da estação chuvosa, nada poderia ser muito pior do que aquilo.

Joan olhou para seu relógio mais uma vez. Cinco minutos para as onze. Podia-se pensar em tantas coisas durante um espaço tão curto de tempo.

Ela queria ter trazido *A casa do poder* consigo, mas, talvez, por ser a única coisa que ela tinha para ler, fosse melhor deixá-la para mais tarde, de reserva.

Duas horas até o almoço. Joan dissera hoje que almoçaria à uma hora. Talvez ela caminhasse um pouco mais, mas parecia tolice sair caminhando sem direção e sem um lugar em particular aonde chegar. E o sol estava bastante quente.

Bem, quantas vezes ela quis ter só um pouco de tempo para si, para refletir sobre as coisas? Não haveria outra oportunidade como aquela. Quais eram as coisas sobre as quais ela queria refletir com tamanha urgência?

Joan vasculhou sua mente, mas a maior parte do que havia lá parecia ser de importância local: lembrar onde tinha deixado isso, aquilo ou aquele outro, decidir como organizar as férias de verão dos criados, planejar a redecoração da velha sala de estudos.

Todas essas coisas pareciam agora bastante remotas e sem importância. Novembro já estava bem avançado para planejar as férias dos criados e, além disso, ela tinha de saber quando era a semana de Pentecostes e, para isso, era necessário o calendário do ano seguinte. Ela poderia, entretanto, decidir sobre a sala de estudos. As paredes pintadas com um tom leve de bege, estofados cor de aveia e belas almofadas brancas? Sim, ficaria muito bem.

Onze e dez. Redecorar e arrumar a sala de estudos não havia tomado muito tempo!

Joan pensou vagamente que, se soubesse de antemão, teria trazido algum livro interessante sobre ciência moderna e descobertas, algo que explicasse coisas como a teoria quântica.

E então ela se perguntou o que a fizera lembrar-se da teoria quântica e pensou: "É claro, os estofados, e a sra. Sherston".

Pois Joan se lembrava de que certa feita ela estava discutindo a questão polêmica de algodão estampado ou cretone para os estofados da sala de estar com a sra. Sherston, a esposa do gerente do banco, e bem no meio da conversa a sra. Sherston disse do seu jeito abrupto:

– Pena que não sou inteligente o suficiente para compreender a teoria quântica. É uma ideia tão fascinante, não é? Energia toda organizada em pequenos pacotes.

Joan a encarou, pois não conseguia mesmo entender o que teorias científicas tinham a ver com algodão estampado, e a sra. Sherston ficou bem vermelha e disse:

– Que bobagem minha, mas você sabe como é quando uma ideia lhe ocorre de repente, e é uma ideia interessante, não é?

Joan não ficou particularmente entusiasmada com a ideia, e a conversa terminou ali. Mas ela se lembrava bastante bem do cretone da sra. Sherston, ou melhor, dos estofados de linho estampado à mão. Um padrão de folhas em marrom, cinza e vermelho. Joan disse:

– Este é bem diferente. É muito caro?

E a sra. Sherston respondeu que sim, e acrescentou que o comprara porque adorava florestas e árvores e o sonho da sua vida era ir para algum lugar como Burma* ou Malásia, onde as coisas cresciam muito *rápido*! Muito rápido, ela acrescentou em tom ansioso, e fez um gesto um tanto desajeitado com as mãos para expressar impaciência.

Aquele linho, Joan agora refletia, devia ter custado pelo menos dezoito xelins o metro, um preço fantástico

---

* Atual Mianmar. (N.T.)

para aquela época. Alguém poderia, ao ver quanto o capitão Sherston dava à esposa para utensílios domésticos e móveis, ter pelo menos uma ligeira noção do que viria a ocorrer mais tarde.

Ela mesma nunca gostou nem um pouco daquele homem. Ela se lembrava de estar no escritório dele no banco, discutindo o reinvestimento de algumas ações, Sherston sentado à sua frente, atrás da mesa, um homem gordo e jovial, que exalava bonomia. Um comportamento social bastante exagerado... "Sou um homem do mundo, minha cara dama", ele parecia dizer, "não pense em mim somente como uma máquina de dinheiro, sou um tenista, um golfista, um dançarino, um jogador de bridge. O verdadeiro eu é o sujeito que você encontra em uma festa, não o gerente que diz 'seu crédito acabou'."

"Um grandíssimo falastrão", pensou Joan com indignação. Mal-intencionado, sempre mal-intencionado. Mesmo na época, ele já devia ter começado a falsificar a contabilidade, ou qualquer que fosse o golpe. E, no entanto, quase todo mundo gostava dele, falava-se do bom sujeito que era o velho Sherston, não se parecia nada com o tipo tradicional de gerente de banco.

Bem, até aí era verdade. O tipo tradicional de gerente não desviava fundos.

Bem, Leslie Sherston havia conseguido, de qualquer maneira, seus estofados de linho estampado à mão. Não que alguém pensasse em sugerir que uma esposa extravagante havia levado Sherston à desonestidade. Era suficiente apenas olhar para Leslie Sherston para ver que o dinheiro não significava nada em particular para ela. Sempre vestida de tweeds verdes e gastos e remexendo no jardim ou vagando pelo campo. Ela também nunca se preocupava muito com as roupas dos filhos. Joan lembrou-se de certa ocasião, muito tempo depois, em que Leslie Sherston lhe ofereceu chá e trouxe uma grande bisnaga de pão, um tablete de manteiga e um pouco de geleia feita em casa, tudo amontoado sobre uma bandeja e servido em louças de cozinha. Uma mulher desarrumada, alegre e descuidada. Ela caminhava um pouco inclinada, sempre para o mesmo lado, e tinha um rosto que parecia também ter um lado só, mas aquele seu sorriso unilateral era simpático, e as pessoas gostavam dela por inteiro.

"Ah, bem, pobre sra. Sherston. Ela teve uma vida triste, muito triste."

Joan se moveu inquieta. Por que ela deixara aquela frase "uma vida triste" vir-lhe à mente? Fazia-lhe lembrar de Blanche Haggard (embora aquele fosse um tipo bem diferente de vida triste!), e pensar em Blanche a trouxe de volta a Barbara e às circunstâncias que cercavam a doença de Barbara. Não havia nada que se pudesse pensar que não levasse a alguma direção dolorosa e indesejada?

Ela olhou para seu relógio mais uma vez. De qualquer maneira, o linho estampado à mão e a pobre sra. Sherston haviam tomado quase meia hora. Sobre o que ela poderia pensar agora? Algo agradável, sem contornos perturbadores.

Rodney era provavelmente o tema mais seguro. Querido Rodney. A mente de Joan distraiu-se com deleite ao pensar no marido, visualizando-o como ela o vira pela última vez na plataforma em Victoria, dizendo-lhe adeus antes de o trem partir.

Sim, querido Rodney. Parado ali olhando para ela, o sol batendo-lhe em cheio no rosto e revelando sem nenhuma piedade a rede de pequenas linhas nos cantos de seus olhos, aqueles olhos tão cansados. Sim, olhos cansados, olhos cheios de uma profunda tristeza. ("Não", ela pensou, "que Rodney *seja* triste. É apenas uma figura de linguagem. Alguns animais têm olhos tristes.") Além disso, quase sempre ele usava óculos, e assim não se notava a tristeza de seus olhos. Mas ele certamente parecia um homem muito cansado. Não era de espantar, já que ele trabalhava tanto. Rodney quase não tirava folga. ("Mudarei tudo isso quando voltar", pensou Joan. "Ele merece descansar. Eu deveria ter pensado nisso antes.")

Sim, visto ali na luz brilhante, ele parecia tão ou mais velho do que de fato era. Eles haviam se olhado, ela de cima, dentro do trem, e ele de baixo, na plataforma, e trocado palavras idiotas, costumeiras de despedidas.

– Acho que você não precisará passar pela alfândega em Calais.

– Não, acho que se passa direto para o expresso Simplon.

– Vagão Brindisi, lembre-se. Espero que o Mediterrâneo se comporte.

– É uma pena que eu não possa passar um dia ou dois no Cairo.

– Por que não?

– Querido, tenho de correr para Barbara. Só há um voo por semana.

– É claro, esqueci.

Um apito soou. Ele sorriu para ela.

– Tenha cuidado, pequena Joan.

– Adeus, não sinta muitas saudades.

O trem partiu com um solavanco. Joan colocou a cabeça para dentro. Rodney acenou e então se voltou para ir embora. Em um impulso ela inclinou-se para fora novamente. Ele já caminhava ao longo da plataforma.

Joan sentiu uma excitação repentina ao ver aquele dorso tão familiar. Como ele subitamente parecia jovem, a cabeça inclinada para trás, os ombros aprumados. Foi um choque e tanto para ela...

Ela teve a impressão de um homem jovem, descompromissado, caminhando a passos largos pela plataforma.

Isso a lembrou do dia que ela vira Rodney Scudamore pela primeira vez.

Ela havia sido apresentada a ele durante um jogo de tênis, e eles haviam ido direto para a quadra.

Ele disse:

– Devo jogar na rede?

E foi naquele momento em que ela o acompanhou com o olhar, enquanto ele assumia sua posição junto à rede, que ela percebeu que dorso atraente ele tinha... A maneira fácil e confiante com que ele caminhava, a postura de sua cabeça e pescoço...

Subitamente ela ficou nervosa. Cometeu duas duplas faltas seguidas e se sentiu embaraçada e tensa.

E então Rodney virou a cabeça e sorriu para ela de maneira encorajadora, aquele sorriso generoso e simpático dele. E ela o achou um jovem atraente... E se apaixonou por ele dali em diante.

Dentro do trem, observando a silhueta de Rodney que se afastou até sumir entre as pessoas na plataforma, ela reviveu aquele dia de verão, há tantos anos.

Foi como se o peso dos anos abandonasse Rodney, fazendo dele mais uma vez um jovem animado e confiante.

Como se o peso dos anos o abandonasse...

De súbito, no deserto, com o sol se derramando sobre ela, Joan sentiu um tremor incontrolável.

Ela pensou: "Não, não quero continuar, não quero pensar sobre isso...".

Rodney, caminhando na plataforma, a cabeça inclinada para trás, os ombros não mais derreados pelo cansaço. Um homem que havia se livrado de um fardo intolerável...

Afinal de contas, o que havia de errado com ela? Ela estava imaginando coisas, as inventando. Seus olhos a haviam enganado.

Por que ele não havia esperado o trem partir?

Bem, por que deveria? Ele estava com pressa para resolver algum negócio em Londres. Algumas pessoas não gostavam de ver trens partirem de estações, levando embora uma pessoa amada.

Era mesmo impossível que alguém conseguisse se lembrar de maneira tão clara quanto ela exatamente como as costas de Rodney se pareciam!

Ela estava imaginando coisas...

"Pare, isso não ajuda em nada. Se você imaginou uma coisa assim, é porque a ideia já existia em sua mente."

E não podia ser verdade, a conclusão a que chegara simplesmente não podia ser verdade.

Joan estava dizendo para si mesma (não estava?) que Rodney estava feliz por ela estar partindo...

E isso simplesmente não podia ser verdade!

Capítulo 4

Joan chegou à pousada sofrendo com o calor. Sem pensar, ela havia apressado o passo, a fim de fugir daquele último pensamento incômodo.

O hindu olhou para ela com curiosidade e disse:

– *Memsahib* caminha muito rápido. Por que caminha rápido? Tempo sobrando aqui.

"Oh, Deus", pensou Joan, "realmente há tempo sobrando!"

O hindu, a pousada, as galinhas, as latas e o arame farpado estavam todos com certeza dando-lhe nos nervos.

Ela foi até o seu quarto e encontrou *A casa do poder*.

"De qualquer maneira", ela pensou, "está fresco e escuro aqui."

Joan abriu *A casa do poder* e começou a ler. Quando chegou a hora do almoço, ela já tinha lido metade do livro.

Havia omelete para o almoço, acompanhado de feijão cozido, e depois um prato de salmão com arroz e damascos enlatados.

Joan não comeu muito.

Depois ela foi até o quarto e se deitou.

Se ela estivesse com uma ligeira insolação por caminhar rápido demais sob o sol, dormir um pouco ajudaria.

Joan fechou os olhos, mas o sono não veio.

Ela se sentiu particularmente desperta e inteligente.

Joan se levantou, tomou três aspirinas e se deitou novamente.

Toda vez que ela fechava os olhos, via as costas de Rodney se afastando dela na plataforma. Era insuportável!

Ela abriu a cortina para deixar entrar um pouco de luz e pegou *A casa do poder*. Algumas páginas antes do fim ela caiu no sono.

Joan sonhou que estava indo jogar em um torneio com Rodney. Eles tiveram dificuldade em encontrar as bolas, mas por fim chegaram à quadra. Quando começou a sacar, Joan descobriu que estava jogando contra Rodney e a garota Randolph. Ela só conseguia cometer duplas faltas. Ela pensou: "Rodney vai me ajudar", mas, quando procurou por ele, não conseguiu encontrá-lo. Todos haviam deixado a quadra e estava ficando escuro. "Estou completamente sozinha", ela pensou. "Estou completamente sozinha."

Ela acordou sobressaltada.

– Estou completamente sozinha – Joan disse em voz alta.

Ela ainda estava sob a influência do sonho. Joan tinha a impressão de que as palavras que acabara de dizer eram terrivelmente assustadoras.

Ela disse mais uma vez:

– Estou sozinha.

O hindu enfiou a cabeça para dentro do quarto.

– *Memsahib* chamou?

– Sim – disse ela. – Traga-me chá.

– *Memsahib* quer chá? Só três horas.

– Não tem importância, eu quero chá.

Ela o ouviu se afastando e gritando: "*Chai-chai*!".

Joan se levantou da cama e foi até o espelho sujo pelas moscas. Era confortante ver seu próprio rosto, normal e aprazível.

– Será – disse Joan se dirigindo a seu reflexo – que você vai adoecer? Você está se comportando de modo muito estranho.

Ela *estaria* mesmo com uma ligeira insolação?

Quando o chá chegou, ela estava se sentindo normal de novo. Na realidade, a situação toda era muito engraçada. Ela, Joan Scudamore, se entregando aos *nervos*! Mas é claro que não eram nervos, era uma ligeira insolação. Ela não sairia outra vez até que o sol tivesse baixado bastante.

Joan comeu alguns biscoitos e bebeu duas xícaras de chá. Depois, terminou *A casa do poder*. Quando fechou o livro, foi tomada por uma aflição justificada.

Ela pensou: "Agora não tenho nada para ler".

Nada para ler, nenhum material para escrever, nenhuma costura com ela. Nada mesmo para fazer, a não ser esperar por um trem problemático que poderia não aparecer por dias.

Quando o hindu apareceu para levar o chá, ela disse para ele:

– O que você faz aqui?

Ele pareceu surpreso com a pergunta.

– Eu cuido dos viajantes, *memsahib*.

– Eu sei. – Ela controlou sua impaciência. – Mas isso não toma todo seu tempo, não é?

– Eu sirvo o café da manhã, o almoço e o jantar para eles.

– Não, não, eu não quis dizer isso. Você tem ajudantes?

– Garoto árabe muito estúpido, muito preguiçoso, muito sujo. Eu tomo conta de tudo, não confio no garoto. Ele traz água para o banho, ele ajuda a cozinhar.

– Então vocês estão em três: você, o cozinheiro e o garoto? Você deve ter bastante tempo livre quando não está trabalhando. Você lê?

– Ler? Ler o quê?

– Livros.

– Eu não ler.

– Então o que você faz quando não está trabalhando?

– Eu espero até a hora de trabalhar mais.

"Não adianta", pensou Joan. "Não há como conversar com eles. Não entendem o que você quer dizer. Esse homem está sempre aqui, mês após mês. Suponho que, de vez em quando, ele tire um dia de folga e vá até alguma cidade para se embebedar e ver os amigos. Mas por semanas sem fim ele permanece aqui. É claro que ele tem o cozinheiro e o garoto... O garoto deita-se sob o sol e dorme quando não está trabalhando. A vida é simples assim, para ele. Eles não me servem de nada, nenhum deles. Todo o inglês que esse homem sabe é comer, beber e 'o tempo está bom'."

O hindu saiu do quarto. Joan caminhou agitada de um lado para outro.

– Devo parar com essas bobagens. Tenho de planejar algo. Definir um curso de... de pensamento para mim mesma. Não posso me deixar abalar.

A verdade era, refletiu Joan, que ela sempre levara uma vida tão plena e ocupada. Tantos interesses nela. Era uma vida civilizada. E, quando se tinha todo esse equilíbrio e essa proporção na vida, ficava-se, com certeza, um tanto perdida ao lidar com a inutilidade estéril de não se estar fazendo absolutamente nada. Quanto mais se fosse uma mulher produtiva e culta, mais difícil isso se tornava.

Havia algumas pessoas, é claro, mesmo na Inglaterra, que costumavam passar horas sentadas sem fazer nada. Ao que parecia, poderiam se adaptar alegremente a esse estilo de vida.

Mesmo a sra. Sherston, apesar de quase sempre ser ativa e enérgica o suficiente para duas pessoas, havia ficado sem fazer nada em algumas ocasiões. Em geral, quando saía para dar caminhadas. Ela começaria a caminhar com vigor excelente e, de repente, desabaria sobre um tronco ou um campo de urzes e simplesmente sentaria ali, olhando para o espaço vazio.

Como naquele dia quando ela, Joan, pensou que era a garota Randolph...

Ela enrubesceu ligeiramente quando se lembrou das suas próprias ações.

Aquilo fora, realmente, quase como espionar. O tipo de coisa que a deixava só um pouco envergonhada. Porque ela não era mesmo esse tipo de mulher.

Mesmo assim, com uma garota como Myrna Randolph...

Uma garota que parecia não ter nenhum senso de moral...

Joan tentou se lembrar de como tudo começara.

Ela havia levado algumas flores para a velha sra. Garnett, e acabara de sair do chalé quando ouviu a voz de Rodney na estrada, do outro lado da sebe. A voz dele e a de uma mulher que respondia.

Ela disse um rápido adeus à sra. Garnett e saiu para a estrada. Joan conseguiu ver Rodney apenas de relance e, ela teve certeza, a garota Randolph, enquanto desapareciam na curva da trilha que levava a Asheldown.

Não, ela não tinha muito orgulho do que fez então. Mas sentiu, na época, que tinha de saber a verdade. Não era decerto culpa de Rodney, todo mundo sabia quem era Myrna Randolph.

Joan tomou o caminho que passava pelo bosque de Haling, que a deixou em plena vista de Asheldown, onde, de imediato, ela os viu: duas figuras sentadas imóveis, olhando para o campo árido e reluzente abaixo.

Que alívio quando ela viu que não era de modo algum Myrna Randolph, mas a sra. Sherston! Eles não estavam nem sentados próximos. Havia pelo menos um metro e meio entre os dois. Uma distância bastante ridícula, de fato, nem um pouco amigável! Mas Leslie Sherston não era mesmo uma pessoa muito amigável, isto é, expansiva. E decerto não poderia ser considerada sedutora, a mera ideia era risível. Não, ela esteve passeando quando Rodney cruzou seu caminho e, com sua cortesia amigável de sempre, passou a acompanhá-la.

Agora, depois de subir a colina de Asheldown, eles estavam descansando um pouco e admirando a paisagem, antes de retornarem.

Era mesmo impressionante a maneira com que nenhum dos dois se movia ou falava. Não era muito amistosa, ela pensou. Presumia-se que ambos tivessem seus próprios pensamentos. Eles achavam, talvez, que conheciam um ao outro bem o suficiente para não ter de se preocupar em entabular uma conversa.

Pois, naquela altura, os Scudamore já conheciam Leslie Sherston muito melhor. O escândalo dos desfalques de Sherston havia estourado sobre uma consternada Crayminster, e o próprio estava agora cumprindo sua sentença na prisão. Rodney fora o advogado que representara Leslie. Ele sentiu muita pena de Leslie, deixada com duas crianças pequenas e sem dinheiro algum. Todos estavam preparados para sentir pena da pobre sra. Sherston e, se não continuaram assim por muito tempo, a culpa toda foi da própria Leslie Sherston. Sua alegria resoluta havia chocado bastante algumas pessoas.

– Acho que ela deve ser bastante insensível – Joan disse a Rodney.

Ele respondeu bruscamente que Leslie Sherston tinha mais coragem do que qualquer pessoa que ele conhecera.

Joan disse:

– Oh, sim, *coragem*. Mas coragem não é tudo!

– Não é?

Rodney respondeu de maneira bastante estranha. Então ele saiu para o escritório.

Coragem era uma virtude que certamente não se negaria a Leslie Sherston. Diante do problema de ter de sustentar ela mesma e dois filhos, e sem nenhuma qualificação em particular para o desafio, ela ainda assim tivera sucesso.

Ela foi trabalhar em uma horta comercial até estar familiarizada por inteiro com o ofício, aceitando neste ínterim uma pequena ajuda financeira de uma tia e vivendo com os filhos em quartos alugados. Assim, quando Sherston saiu da prisão, ele a encontrou estabelecida em um lugar completamente diferente, cultivando frutas e vegetais para o mercado. Ele passou a dirigir o caminhão, indo e voltando da cidade mais próxima. As crianças haviam ajudado e eles conseguiram, de algum modo, não passar muito mal. Não restava dúvida de que a sra. Sherston trabalhou como uma moura, o que era particularmente meritório, porque ela devia, na época, estar começando a sofrer fortes dores, causadas pela doença que por fim a mataria.

"Bem", pensou Joan, "pelo visto ela o amava." Sherston certamente havia sido considerado um homem bonito e um favorito entre as mulheres. Ele parecia bem diferente quando saiu da prisão. Ela, Joan, o viu apenas uma vez, mas ficou chocada com a mudança nele. Olhar evasivo, emaciado, ainda arrogante, ainda tentando iludir e se gabar. Uma ruína de homem. Mesmo assim, sua esposa o amava e continuou ao seu lado, e por isso Joan respeitava Leslie Sherston.

Por outro lado, ela considerara que Leslie estava errada por completo em relação aos filhos.

A mesma tia que a ajudou financeiramente quando Sherston foi condenado fez mais uma oferta quando ele estava prestes a sair da prisão.

Ela disse que adotaria o garoto mais novo e persuadiria outro tio a pagar a escola do garoto mais velho, e ela própria ficaria com ambos nas férias. Eles podiam assumir o nome do tio por meio de um requerimento oficial, e ela e o tio se tornariam responsáveis pelo seu futuro financeiro.

Leslie Sherston recusou de modo absoluto essa oferta, no que Joan considerou que ela foi egoísta. Ela estava recusando a seus filhos uma vida muito melhor do que ela lhes poderia oferecer, e livre de qualquer mácula de vergonha.

Por mais que amasse seus garotos, Joan achava, e Rodney concordava, que ela deveria pensar nas vidas deles antes da própria.

Mas Leslie havia sido inflexível, e Rodney lavou suas mãos com relação ao problema todo. Rodney disse, com um suspiro, que supunha que a sra. Sherston soubesse cuidar dos próprios problemas. "Estava claro que ela era uma criatura obstinada", pensou Joan.

Caminhando com impaciência de um lado para outro dentro da pousada, Joan lembrou-se de Leslie Sherston como ela parecera naquele dia, sentada na colina de Asheldown.

Encurvada para frente, os cotovelos sobre os joelhos, o queixo apoiado sobre as mãos. Sentada com estranha imobilidade. Olhando para além do campo e da terra arada, onde colinas de carvalhos e faias no bosque de Little Havering começavam a avermelhar.

Ela e Rodney estavam sentados ali, tão quietos, tão imóveis, olhando fixamente à frente deles.

Joan não sabia por que não se juntara a eles ou não falara com eles.

Talvez fosse consciência pesada, por suspeitar de Myrna Randolph?

De qualquer maneira, ela não falou com eles. Em vez disso, voltou em silêncio ao abrigo das árvores e tomou o caminho de casa. Havia sido um incidente sobre o qual ela nunca gostou muito de pensar, e por certo nunca o mencionou a Rodney. Ele poderia pensar que ela tinha ideias em mente, ideias sobre ele e Myrna Randolph.

Rodney caminhando na plataforma em Victoria...

Deus, será que ela iria começar aquilo tudo outra vez?

O que poderia ter-lhe sugerido essa noção fantasiosa de que Rodney (que era e sempre fora devotado a ela) estava gostando da perspectiva da sua ausência?

Como se fosse possível saber qualquer coisa pelo modo de caminhar de um homem!

Ela simplesmente tiraria de vez da cabeça toda essa fantasia ridícula.

Ela não pensaria mais em Rodney, não se isso a fizesse imaginar coisas tão curiosas e desagradáveis.

Até então, ela nunca fora uma mulher imaginativa.

Tinha de ser o sol.

Capítulo 5

A tarde e a noite passaram com uma lentidão interminável.

Joan não queria sair ao sol outra vez até que ele estivesse bem baixo no céu. Então ela permaneceu na pousada.

Depois de mais ou menos meia hora, ela achou insuportável ficar sentada imóvel em uma cadeira. Joan foi até o quarto e começou a desfazer e refazer as malas. Suas coisas, assim ela disse para si mesma, não estavam dobradas de maneira apropriada. Ela bem que poderia caprichar mais.

Joan terminou a tarefa com esmero e diligência. Eram cinco horas. Por certo agora ela poderia sair com segurança. A pousada estava tão deprimente. Se apenas ela tivesse algo para ler...

"Ou mesmo", pensou Joan em desespero, "um quebra-cabeça!"

Lá fora ela olhou com repulsa para as latas, as galinhas e o arame farpado. Que lugar horrível era aquele. Absolutamente horrível.

Ela caminhou, para variar, em uma direção paralela à ferrovia e à fronteira turca. Isso lhe causou uma sensação de aprazível novidade. Mas, após quinze minutos, o efeito era o mesmo. A ferrovia, correndo quatrocentos metros à sua esquerda, não lhe oferecia companhia.

Nada a não ser silêncio – silêncio e sol.

Ocorreu a Joan que ela poderia recitar poesia. Quando era menina, todos achavam que ela lia e recitava muito bem. Era interessante perceber o quanto ela ainda lembrava, após todos esses anos. Houve uma época em que ela sabia muitas poesias de cor.

> *A misericórdia é uma virtude que não se pode fazer passar à força por uma peneira, mas pinga como a chuva mansa cai dos céus na terra.**

O que vinha a seguir? Idiota. Ela simplesmente não conseguia se lembrar.

> *Não temas mais o calor do sol profundo*

(De qualquer maneira, esse começava bem! Mas como era o resto?)

> *Nem as fúrias do inverno daninho.*
> *Encerrada está tua tarefa no mundo,*
> *pago o teu soldo, pronto o teu ninho.*
> *Nem jovens dourados têm como escapar*
> *De, como lenha em brasa, ao pó voltar.***

Não, não era muito alegre, de um modo geral. Joan conseguiria lembrar-se de algum dos sonetos? Ela conhecia-os. O que falava em *casamento de mentes sinceras* e aquele outro sobre o qual Rodney lhe havia perguntado.

Engraçado o jeito com que ele disse subitamente, certa noite:

– *Só teu verão eterno não se acaba.**** Isso é Shakespeare?

– Sim, dos sonetos.

E ele disse:

---

* *O mercador de Veneza*, de William Shakespeare. Tradução de Beatriz Viégas-Faria. (N.T.)

** *Cimbeline, rei da Bretanha*, de Shakespeare. Tradução de Sônia Moreira. (N.T.)

*** *And thy eternal summer shall not fade*. "Soneto 18", de Shakespeare. Tradução de Ivo Barroso. (N.T.)

— *De almas sinceras a união sincera / Nada há que impeça...** Este?

— Não, o que começa: *Devo igualar-te a um dia de verão?***

E então ela havia recitado para ele o soneto inteiro, de maneira bastante bela, com muita expressão e todas as ênfases apropriadas.

Ao final, em vez de expressar aprovação, ele repetiu pensativo:

— *O vento esfolha maio inda em botão...**** Mas estamos em outubro, não é?

Foi algo tão inesperado que Joan apenas ficou olhando para ele. Então Rodney perguntou:

— Você conhece o outro? Aquele sobre o casamento de mentes sinceras?

— Sim.

Ela pausou por um minuto e então começou:

> *De almas sinceras a união sincera*
> *Nada há que impeça: amor não é amor*
> *Se quando encontra obstáculos se altera*
> *Ou se vacila ao mínimo temor.*
> *Amor é um marco eterno, dominante,*
> *Que encara a tempestade com bravura;*
> *É astro que norteia a vela errante*
> *Cujo valor se ignora, lá na altura.*
> *Amor não teme o tempo, muito embora*
> *Seu alfanje não poupe a mocidade;*
> *Amor não se transforma de hora em hora,*

---

* *Let me not unto the marriage of true minds admit impediment?* "Soneto 116", de Shakespeare. Tradução de Barbara Heliodora. (N.T.)

** *Shall I compare thee to a summer's day.* "Soneto 18", de Shakespeare. Tradução de Ivo Barroso. (N.T.)

*** *Rough winds do shake the darling buds of May.* "Soneto 18", de Shakespeare. Tradução de Ivo Barroso. (N.T.)

Antes se afirma, para a eternidade.
Se isto é falso, e que é falso alguém provou,
Eu não sou poeta, e ninguém nunca amou.*

Joan terminou, dando aos últimos versos total ênfase e fervor dramático.

– Você não acha que eu recito Shakespeare bastante bem? Foi o que sempre acharam na escola. Diziam que eu lia poesia com muita expressão.

Mas Rodney somente disse distraído:

– Não é preciso muita expressão. Apenas as palavras são suficientes.

Ela suspirou e murmurou:

– Shakespeare *é* maravilhoso, não é?

E Rodney respondeu:

– Maravilhoso, na verdade, é que ele era um pobre-diabo como o resto de nós.

– Nossa, Rodney, que coisa estranha de se dizer.

Ele sorriu para ela, então, como se estivesse acordando.

– É mesmo?

Rodney se levantou e saiu da sala, murmurando enquanto caminhava devagar:

– *O vento esfolha maio inda em botão / Dura o termo estival um breve instante.***

---

* *Let me not to the marriage of true minds/ Admit impediments. Love is not love/ Which alters where it alteration finds,/ Or bends with the remover to remove:/ O, no, it is an ever-fixed mark/ That looks on tempests and is never shaken,/ It is the star to every wandering bark/ Whose worth's unknown, although his height be taken./ Love's not Time's fool, though rosy lips and cheeks/ Within his bending sickle's compass come;/ Love alters not with his brief hours and weeks,/ But bears it out even to the edge of doom./ If this be error, and upon me prov'd/ I never writ, nor no man ever lov'd.* "Soneto 116", de Shakespeare. Tradução de Barbara Heliodora. (N.T.)

** *Rough winds do shake the darling buds of May. And summer's lease hath all too short a date.* "Soneto 18", de Shakespeare. Tradução de Ivo Barroso. (N.T.)

Por que razão, ela se perguntara, ele havia dito: "Mas estamos em outubro"?

Sobre o que ele estaria pensando a respeito?

Ela se lembrava daquele outubro, particularmente claro e ameno.

Ao pensar naquilo agora, ela percebeu como era curioso que a noite em que Rodney perguntou sobre os sonetos tivesse sido a do mesmo dia em que ela o viu sentado com a sra. Sherston, em Asheldown. Talvez a sra. Sherston estivesse citando Shakespeare, mas não era muito provável. "Leslie Sherston não era de forma alguma uma intelectual", ela pensou.

Aquele ano teve um outubro maravilhoso.

Ela lembrou com bastante clareza que, alguns dias depois, Rodney lhe questionou, em tom surpreso:

– Mas isso deveria estar aí nesta época do ano?

Ele apontou para um rododendro. Um dos precoces, que costumam florescer em março ou no fim de fevereiro. Ele tinha uma luxuriante flor vermelho-sangue, e os botões estavam se abrindo por todo o arbusto.

– Não – ela disse. – A primavera é a época, mas às vezes eles florescem no outono se o clima estiver aprazível e quente, o que não é comum.

Ele tocou um dos botões de maneira carinhosa e sussurrou:

– O vento esfolha maio inda em botão.

Março, ela disse a ele, não maio.

– É como sangue – ele disse. – Sangue do coração.

Que diferente do Rodney que ela conhecia, ela pensou, estar tão interessado em flores.

Mas, depois disso, ele passou a gostar daquele tipo de rododendro em particular.

Joan se lembrava de como, muitos anos mais tarde, ele usou um grande botão da flor na lapela.

Pesado demais, é claro, e caiu, como ela previra.

Eles estavam naquele momento no cemitério da igreja, dentre todos os lugares improváveis.

Ela o viu lá quando voltava para casa passando pela igreja, juntou-se a ele e disse:

– O que você está fazendo aí, Rodney?

Ele riu e respondeu:

– Considerando meu repouso final, e o que colocarei em minha lápide. Nada de granito, acho, é tão aristocrático. E um sólido anjo de mármore também não, com toda certeza.

Eles olharam então para uma lousa de mármore muito recente, que trazia o nome de Leslie Sherston.

Seguindo o olhar dela, Rodney leu lentamente:

– Leslie Adeline Sherston, muito amada esposa de Charles Edward Sherston, que faleceu no dia 11 de maio de 1930. E Deus há de secar-lhes as lágrimas.

Então, após um momento de pausa, ele disse:

– Parece uma grande bobagem pensar em Leslie Sherston embaixo de uma lousa fria de mármore como esta, e só um idiota congênito como Sherston teria escolhido esse texto. Não creio que Leslie tenha chorado em toda a vida.

Apenas um pouco chocada, e mais como se participasse de uma brincadeira ligeiramente blasfema, Joan perguntou:

– O que você escolheria?

– Para ela? Não sei. Não há alguma coisa nos Salmos? *Há abundância de alegria junto de vós.* Algo nesse sentido.

– Para você mesmo, eu quis dizer.

– Para mim? – Ele pensou por alguns minutos e sorriu para si mesmo.

– *O Senhor é meu pastor. Em verdes pastagens me faz repousar.* Para mim, estaria ótimo.

– Sempre achei que essa era uma noção bastante enfadonha de Paraíso.

– Qual é sua ideia de Paraíso, Joan?

– Bem, nada de portões dourados e tudo aquilo, é claro. Gosto de pensar nele como um *estado*. Nele, todos estão ocupados ajudando, de alguma maneira maravilhosa, para tornar este mundo, talvez, mais belo e feliz. Servir, esta é minha ideia de Paraíso.

– Que puritaninha terrível você é, Joan. – Ele riu do seu jeito provocador, para roubar das palavras o seu veneno. Então ele disse: – Não, um vale verdejante é bom o suficiente para mim, e as ovelhas seguindo o pastor para casa no frescor da noite...

Rodney fez uma pausa de um minuto e então disse:

– É um sonho absurdo que tenho, Joan, mas brinco às vezes com a ideia de estar a caminho do escritório pela rua principal, entrar na viela que leva à rua Bell e, em vez da viela de sempre, encontrar um vale escondido, com pasto verde e colinas suaves cobertas de árvores dos dois lados. O vale sempre esteve lá, existindo em segredo no coração da cidade. Você vai sair da movimentada rua principal e entrar nele, sentir-se um tanto confuso e talvez diga: "Onde estou?". Então imagine que, com muita gentileza, alguém responde que você está morto...

– Rodney! – Ela estava assustada, consternada. – Você... você está doente. Não pode estar bem.

Foi a primeira indicação do estado em que ele se encontrava, o precursor daquela crise nervosa que em breve o mandaria por uns dois meses ao sanatório na Cornuália, onde ele parecia contente em ficar parado em silêncio, ouvindo as gaivotas e com olhar fixo no mar, para além das colinas pálidas e sem árvores.

Mas Joan não compreendeu, até aquele dia no cemitério da igreja, que ele estava trabalhando demais.

No momento em que eles se voltaram para ir para casa, ela de braço dado com ele, apressando seu passo, ela viu o pesado botão de rododendro cair do paletó de Rodney sobre o túmulo de Leslie.

– Veja – disse ela –, o seu rododendro – e ela parou para apanhá-lo. Mas ele disse rapidamente.

– Deixe onde está. Deixe-o para Leslie Sherston. Afinal de contas, ela era nossa amiga.

E Joan concordou depressa que era uma bela ideia, e que ela mesma traria no dia seguinte um buquê grande daqueles crisântemos amarelos.

Joan lembrou-se de ter se assustado com o sorriso estranho que ele lhe dera.

Sim, ela sentiu que decerto havia algo errado com Rodney naquele fim de tarde. Ela não notou, é claro, que ele estava à beira de uma crise nervosa completa, mas ela sabia que ele, de alguma forma, estava diferente...

Ela o atormentou com perguntas ansiosas durante todo o caminho até em casa, mas ele não disse muito. Apenas repetia sem cessar:

– Estou cansado, Joan... Muito cansado.

E disse uma vez, de forma incompreensível:

– Não podemos ser *todos* bravos...

Foi só uma semana mais tarde, certa manhã, que ele disse em devaneio:

– Não vou me levantar hoje.

E ficou ali na cama, sem falar ou olhar para ninguém, apenas deitado ali, sorrindo em silêncio.

E então vieram médicos e enfermeiros, e por fim os arranjos para um longo repouso em Trevelyan. Nada de cartas, telegramas ou visitantes. Eles não permitiram que Joan o visitasse. Nem mesmo a própria esposa.

Foi uma época triste, confusa, desconcertante. E as crianças foram muito exigentes também. Não colaboraram. Comportaram-se como se tudo fosse culpa dela, de Joan.

– Você permitiu que ele se tornasse escravo daquele escritório, dia após dia. Você sabe muito bem, mãe, que o pai trabalhou demais em todos esses anos.

– Eu sei, queridos. Mas o que eu poderia fazer?

– Você deveria tê-lo arrancado de lá há anos. Você não *sabe* que ele odeia aquele trabalho? Você não sabe *nada* sobre o pai?

– Já chega, Tony. É claro que sei tudo sobre seu pai, muito mais do que vocês.

– Bem, às vezes acho que não. Às vezes acho que você não sabe nada sobre *ninguém*.

– Tony, por favor!

– Cale a boca, Tony.

Essa era Averil.

– Aonde você quer chegar com isso?

Averil era sempre assim. Seca, fria, afetando cinismo e distanciamento incomuns para sua idade. Joan às vezes achava, com desesperança, que Averil não tinha compaixão alguma. Ela não gostava de carinhos e jamais cedia aos apelos à sua generosidade

– Querido papai... – Foi o lamento de Barbara, mais jovem do que os outros dois, mais descontrolada em suas emoções. – É tudo culpa sua, mãe. Você tem sido cruel com ele. Sempre *cruel.*

– Barbara! – Joan perdeu a paciência. – Do que você pensa que está falando? Se há uma pessoa que está em primeiro lugar nesta casa, é seu pai. Vocês acham que seriam educados, vestidos e alimentados se não fosse pelo trabalho de seu pai? Ele sacrificou-se por *vocês*, é isso que os pais têm de fazer, e fazem sem exigir nada.

– Deixe-me aproveitar esta oportunidade para lhe agradecer, mãe – disse Averil –, por tudo o que *você* fez por nós.

Joan olhou para a filha de maneira duvidosa. Ela suspeitava da sinceridade de Averil. Mas estava claro que a garota não podia ser tão impertinente...

Tony distraiu sua atenção. Ele perguntou com seriedade:

– É verdade que papai um dia quis ser fazendeiro, não é?

– Fazendeiro? Não, é claro que não. Bem, creio que há muitos anos... Apenas uma fantasia pueril. Mas todos na família sempre foram advogados. É uma empresa familiar, e bastante famosa nesta parte da Inglaterra. Você deveria ter muito orgulho da firma e satisfação por ingressar nela.

– Mas não vou entrar nela, mãe. Quero ir para a África Oriental e ter uma fazenda.

– Que bobagem, Tony. Não comece outra vez com essas tolices. É claro que você vai entrar para a firma! Você é o único filho homem.

– Não serei advogado, mãe. Papai sabe disso e prometeu que me deixaria decidir.

Joan o encarou, surpresa e abalada com a convicção tranquila dele.

Então ela afundou em uma cadeira, e lágrimas encheram-lhe os olhos. Tão injustos eles todos, intimidando-a desse jeito.

– Não sei o que deu em vocês todos, para falarem comigo dessa maneira. Se o seu pai estivesse aqui... Acho que estão sendo muito ingratos!

Tony resmungou alguma coisa e, dando as costas, se esgueirou para fora da sala.

Averil, com sua voz seca, disse:

– Tony já decidiu que será fazendeiro, mãe. Ele quer entrar em uma faculdade de agricultura. Para mim, parece maluquice. Eu preferiria muito mais ser advogado, se fosse homem. Acho a lei bem interessante.

– Nunca pensei – soluçou Joan – que meus filhos pudessem ser tão ingratos.

Averil suspirou fundo. Barbara, ainda soluçando histericamente em um canto da sala, exclamou:

– Sei que papai vai morrer. Sei que vai, e então todos estaremos sozinhos no mundo. Não posso suportar! Não posso!

Averil suspirou de novo, observando com desagrado o choro convulsivo da irmã e as lágrimas silenciosas da mãe.

– Bem – disse ela –, se não há nada que eu possa fazer...

Tendo dito isso, ela saiu da sala, calma e composta. Era típico de Averil.

Uma cena de todo aflitiva e dolorosa, na qual Joan não pensava há anos.

E fácil de se compreender, com toda certeza. O choque súbito da doença do pai, e o mistério das palavras "crise nervosa". Crianças sempre se sentiam melhor se pudessem culpar alguém. Elas haviam transformado sua mãe em uma espécie de bode expiatório, porque ela estava mais próxima. Tanto Tony quanto Barbara haviam pedido desculpas mais tarde. Averil não parecia achar que havia qualquer razão para se desculpar e, talvez, a partir de seu próprio ponto de vista, ela estivesse certa. Não era culpa da pobre garota se ela parecia ter nascido sem coração.

Todo o período durante o qual Rodney esteve afastado foi difícil e infeliz. As crianças ficaram amuadas e de mau humor. Elas haviam, tanto quanto possível, evitado perturbar Joan, o que a fez sentir-se curiosamente solitária. Joan supôs que era o efeito de sua própria tristeza e preocupação. Ela sabia que todos a amavam com sinceridade. Por outro lado, todos estavam em idades complicadas, Barbara ainda estava na escola,

Averil era uma adolescente de dezoito anos, desajeitada e desconfiada, e Tony passava a maior parte do tempo em uma fazenda vizinha. Era importuno que ele insistisse nessa ideia tola de ter uma fazenda, e Rodney havia sido imprevidente ao encorajá-lo

"Oh, Deus", pensara Joan, "parece injusto que seja sempre *eu* quem deve fazer todas as coisas desagradáveis. Não consigo conceber por que Barbara tenha de fazer amizades com esses espécimes indesejáveis, quando há garotas tão amáveis na escola da srta. Harley. Terei de deixar bastante claro para Barbara que ela só pode trazer aqui garotas que tenham a minha aprovação. Suponho que então haverá mais uma discussão, lágrimas e aborrecimentos. Averil, é claro, não tem me ajudado, e odeio aquele seu modo peculiar e sarcástico de falar. Soa tão mal diante de estranhos."

Sim, pensou Joan, criar filhos era uma função ingrata e difícil. Nunca se era reconhecida de forma apropriada. O tato que se devia usar, e o bom humor. Saber o momento certo de ser firme ou ceder. "Ninguém sabe de verdade", pensou Joan, "o que tive de passar naquela época em que Rodney esteve doente."

Então ela estremeceu de leve, pois o pensamento trouxe-lhe à lembrança uma observação cáustica feita pelo dr. McQueen, apontando o fato de que, durante qualquer conversa, mais cedo ou mais tarde alguém diz: "Ninguém sabe o que passei na época!". Todos haviam sorrido e dito que era bem verdade.

"Bem", pensou Joan, movendo com desconforto os dedos dos pés dentro dos sapatos, devido à areia que entrara nestes, "é a mais pura verdade. Ninguém sabe o que passei naquela época, nem mesmo Rodney."

Pois quando Rodney retornou, para alívio geral, tudo voltou ao normal, e as crianças se tornaram alegres e amigáveis outra vez. A harmonia foi restaurada. "O que demonstrava", pensou Joan, "que a coisa toda havia ocorrido, na verdade, devido à ansiedade." A ansiedade fizera ela própria perder a compostura. A ansiedade deixara as crianças nervosas e mal-humoradas. Havia sido um período de muita infelicidade, e por que escolhera pensar agora nesses incidentes em particular, quando o que queria eram memórias felizes e não deprimentes, ela não conseguia imaginar.

Tudo começou... Onde? É claro, ao tentar lembrar poemas. "Embora nada pudesse ser mais ridículo", pensou Joan, "do que caminhar pelo deserto declamando poesia!" Não que isso tivesse importância, já que não havia ninguém para ver ou ouvir.

Não havia ninguém... "Não", ela ordenou a si mesma, "não, você não pode se entregar ao pânico. Isso tudo é bobagem, puro nervosismo..."

Joan voltou-se rapidamente e começou a caminhar de volta à pousada.

Ela deu-se conta de que estava se esforçando para não correr.

Não havia nada a temer em se estar sozinha, nada mesmo. Talvez ela fosse uma dessas pessoas que sofriam de... ora, qual era a palavra? Não claustrofobia, que era o terror de espaços confinados, a coisa que era o contrário disso. Começava com A. O medo de espaços abertos.

A coisa toda podia ser explicada cientificamente.

Mas explicá-la cientificamente, embora tranquilizador, não a ajudava no momento. Era fácil dizer a ela mesma que tudo era perfeitamente lógico e razoável, mas não era tão fácil controlar os pensamentos confusos que lhe vinham à mente, semelhantes a lagartos saindo das tocas.

"Myrna Randolph", ela pensou, "era uma cobra; essas outras coisas eram lagartos."

Espaços abertos. E ela vivera toda sua vida em uma caixa. Sim, uma caixa com crianças de brinquedo, criados de brinquedo e um marido de brinquedo.

"Não, Joan, o que você está dizendo, como você pode ser tão boba? Seus filhos são verdadeiros o suficiente."

Os filhos eram reais, assim como Cook e Agnes, e também Rodney. "Então talvez", pensou Joan, "*eu* não seja real. Talvez eu seja uma esposa e uma mãe de brinquedo."

Deus, isso era terrível. Ela estava se tornando bastante incoerente. Talvez declamasse um pouco mais de poesia. Ela deveria ser capaz de se lembrar de *alguma coisa*.

E em voz alta, com fervor exagerado, ela exclamou:
– *De você estive ausente na primavera.*

Ela não se lembrava do restante. Parecia não querer se lembrar. Apenas aquele verso bastava. Ele explicava tudo, não? "Rodney", ela pensou, "Rodney... *De você estive ausente na primavera.* Só que não é primavera, é novembro..."

E com um súbito choque:
– Mas isso foi o que *ele* disse naquela noite...

Havia uma ligação ali, uma pista, uma pista para algo que estava esperando por ela, escondido por trás do silêncio. Algo do qual, Joan agora entendia, ela queria fugir.

Mas como escapar, com lagartos saindo de tocas por toda parte?

Tantas coisas nas quais não se deveria pensar. Barbara, Bagdá e Blanche (todos Bs, que curioso). E Rodney na plataforma em Victoria. E Averil, Tony e Barbara, todos sendo tão ingratos com ela.

Ora essa! Joan estava frustrada consigo mesma. Por que ela não pensava em coisas *agradáveis*? Tantas memórias maravilhosas. Havia muitas...

Seu vestido de casamento, um cetim pérola tão adorável... Averil no berço de vime, todo enfeitado com musselina e fitas cor-de-rosa, um bebê louro tão adorável e tão bem-comportado. Averil sempre fora uma criança educada e de bons modos. "Você os educa de forma excelente, sra. Scudamore." Sim, uma criança exemplar, Averil... em público, de qualquer maneira. Na vida privada, era dada a discussões intermináveis e tinha uma maneira desconcertante de olhar para você, como se estivesse se perguntando como você realmente seria de verdade. De jeito nenhum a maneira como uma filha deveria olhar para a mãe. Não era, em nenhum sentido da palavra, uma criança afetuosa. Tony também sempre fizera sua parte em público, embora fosse incuravelmente desatento e desinteressado nas coisas. Barbara era a única filha difícil na família, dada a acessos de fúria e tempestades de lágrimas.

Ainda assim, considerando tudo, eram três crianças encantadoras, com boas maneiras e bem-educadas.

Uma pena que crianças tivessem de crescer e começar a ser difíceis.

Mas ela não pensaria nisso. Era melhor lembrar-se da infância deles. Averil na aula de dança, e sua bela saia de seda rosa. Barbara naquele charmoso vestidinho tricotado da Liberty. Tony naqueles alegres macacões estampados que a babá fizera com tanta habilidade...

"De alguma forma", pensou Joan, "ela decerto poderia pensar em algo mais além das roupas que as crianças vestiam! Algumas coisas encantadoras e carinhosas que haviam dito a ela? Alguns momentos deliciosos de intimidade?"

Considerando todos os sacrifícios, o modo como se fazia tudo pelos filhos.

Outro lagarto colocando sua cabeça para fora da toca. Averil perguntando educadamente, com aquele ar de racionalidade que Joan aprendera a temer:

– O que você faz por nós *de verdade*, mamãe? Você não nos dá *banho*, não é?

— Não...

— E você não nos prepara o jantar ou penteia nossos cabelos. A babá faz isso tudo. E ela nos coloca na cama e nos acorda. E você não faz nossas roupas, a babá faz isso também. E ela nos leva para passear...

— Sim, querida. Eu emprego a babá para cuidar de vocês. Isto é, pago o salário dela.

— Eu achei que papai pagasse o salário dela. Não é o papai que paga tudo o que temos?

— De certa maneira, querida, mas é tudo a mesma coisa.

— Mas você não tem de ir ao escritório todas as manhãs, só o papai. Por que você não tem de ir ao escritório?

— Porque eu cuido da casa.

— Mas a Kate e a Cook e...

— Chega, Averil.

Uma coisa tinha de ser dita em favor de Averil: ela sempre se calava quando mandada. Nunca era rebelde ou teimosa. E, no entanto, sua submissão era com frequência mais desconfortável do que uma rebelião.

Rodney riu uma vez ao dizer que com Averil o veredicto sempre era: "Inocente por insuficiência de provas".

— Não acho que você deva rir, Rodney. Não acho que uma criança na idade de Averil deva ser tão... tão crítica.

— Você acha que ela é jovem demais para determinar a natureza das provas?

— Ah, não seja tão jurídico.

Ele respondeu com um sorriso maroto:

— Quem me fez advogado?

— Não, falo sério: acho que é desrespeitoso.

— Acho que as boas maneiras de Averil são incomuns para uma criança. Não há nada da franqueza devastadora que as crianças podem empregar... Não é como Babs.

Era verdade, admitiu Joan. Barbara, em uma de suas crises, gritaria: "Você é feia, você é horrível, odeio você. Eu queria estar morta. Você se arrependeria se eu estivesse morta".

Joan disse rapidamente:

– Com Babs é só uma questão de temperamento. E ela sempre lamenta depois.

– Sim, pobre diabinha. E não tem a intenção de dizer o que diz. Mas Averil tem um faro e tanto para detectar um embuste.

Joan enrubesceu de raiva.

– Embuste! Não sei o que você quer dizer.

– Ora vamos, Joan. As coisas que contamos a eles. Nossa pretensão de onisciência. A necessidade que temos de fingir fazer o melhor, de saber o que é melhor para essas criaturinhas desamparadas que estão sob nosso completo controle.

– Você fala como se elas fossem escravas, não crianças.

– E não são escravas? Elas comem a comida que damos a elas, vestem as roupas que colocamos nelas e dizem mais ou menos o que as mandamos dizer. É o preço que pagam por proteção. Mas cada dia que vivem as aproxima mais da liberdade.

– Liberdade – disse Joan com desdém. – Isso existe?

Rodney respondeu em tom vagaroso e grave:

– Não, acho que não existe. Você está mesmo certa, Joan...

E ele saiu do quarto, seus ombros um pouco caídos. E ela pensou com uma angústia súbita: "Eu sei como Rodney vai se parecer quando estiver velho...".

Rodney na plataforma de Victoria... a luz mostrando as rugas no seu rosto cansado... Dizendo a ela para cuidar de si mesma.

E então, um minuto depois...

Por que ela tinha de voltar eternamente a esse assunto? Não era verdade! Rodney estava sentindo muito a falta dela! Ele se sentia muito infeliz sozinho em casa com os criados! Talvez ele não tenha nem mesmo pensado em convidar alguém para jantar, ou somente um sujeito estúpido como Hargrave Taylor... Que homem sem graça, Joan nunca conseguira entender por que Rodney gostava dele. Ou aquele cansativo major Mills, que nunca falava de nada que não fosse pastagens e criação de gado...

É claro que Rodney estava sentindo falta dela!

Capítulo 6

Joan chegou de volta na pousada, o hindu apareceu e perguntou:

– *Memsahib* deu um bom passeio?

"Sim", disse Joan, ela dera um ótimo passeio.

– O jantar estará pronto logo. Jantar muito bom, *memsahib*.

Joan disse que ficava contente com isso, mas a observação foi uma evidente formalidade, pois o jantar era exatamente o mesmo de sempre, com pêssegos em vez de damascos. Poderia ser um bom jantar, mas tinha a desvantagem de ser sempre o mesmo.

Quando o jantar terminou, ainda era cedo demais para dormir e mais uma vez Joan desejou com fervor haver trazido uma grande provisão de literatura, ou alguns bordados para fazer. Ela tentou até mesmo reler as passagens mais interessantes do *Memórias de lady Catherine Dysart*, mas a tentativa foi um fracasso.

"Se ao menos tivesse algo para fazer", pensou Joan, "*qualquer* coisa!" Mesmo um baralho. Ela poderia jogar paciência. Ou um jogo: gamão, xadrez, damas... Ela poderia jogar contra si mesma! *Qualquer* jogo...

Que fantasia curiosa ela tivera lá fora. Lagartos colocando a cabeça para fora das tocas. Pensamentos aparecendo na mente... Pensamentos aterrorizantes, pensamentos perturbadores... Pensamentos que não se queria ter.

Mas, se eram assim, por que tê-los? Afinal de contas, podem-se controlar os próprios pensamentos, ou não? Seria possível que, em algumas circunstâncias, os pensamentos de alguém o controlassem? Saindo das tocas como lagartos, ou passando rápidos pela mente como uma cobra verde.

Vindos de *algum lugar*...

Muito estranho aquele sentimento de pânico que ela tivera.

Devia ser agorafobia. (É claro, esta era a palavra: agorafobia. O que demonstrava que sempre se podia lembrar das coisas, bastava pensar com afinco suficiente.) Sim, era isso. O terror de espaços abertos. Estranho como ela nunca soubera antes que sofria disso. Mas, é claro, ela nunca tivera antes qualquer experiência em espaços abertos. Sempre vivera em meio a casas e jardins, com muito a fazer e muitas pessoas. Muitas pessoas, essa era a questão. Se ao menos houvesse alguém com quem conversar...

Mesmo Blanche...

Engraçado pensar como ficara aterrorizada com a possibilidade de que Blanche pudesse estar fazendo a viagem de volta para casa com ela.

Ora, a presença de Blanche ali teria feito toda a diferença do mundo. Elas poderiam ter conversado sobre os velhos tempos na St. Anne. Como parecia distante aquela época. O que Blanche havia dito? "Você subiu na vida e eu caí." Não, ela havia elaborado melhor, depois. Ela disse: "Você ficou onde estava, uma garota de St. Anne que é um orgulho para a escola".

Será que ela havia mudado tão pouco desde aquela época? Era agradável pensar que sim. Bem, agradável de certo modo, mas, por outro lado, não muito. Parecia um pouco... um pouco estagnado...

O que a srta. Gilbey havia dito na ocasião da conversa de despedida? As conversas de despedida que a srta. Gilbey tinha com suas garotas eram famosas, uma tradição reconhecida de St. Anne.

A mente de Joan retornou ao passado, e a figura da sua antiga diretora de escola surgiu de imediato em seu campo de visão, com clareza surpreendente. O nariz grande e agressivo, o pincenê, os olhos impiedosos e penetrantes com seu olhar de autoridade, a impressionante majestade de seu andar pela escola, ligeiramente precedida pelo seu busto, um busto disciplinado, contido, que sugeria apenas majestade e nada de suavidade.

Uma figura extraordinária, a srta. Gilbey, temida e admirada, com toda razão, e que podia produzir um efeito amedrontador, tanto nos pais quanto nas alunas. Não havia como negar, a srta. Gilbey era St. Anne!

Joan viu a si mesma entrando naquela sala sagrada, com suas flores, suas gravuras de Medici; suas insinuações de cultura, erudição e graças sociais.

A srta. Gilbey, voltando-se majestosamente de sua escrivaninha, disse:

– Entre, Joan. Sente-se, querida.

Joan havia se sentado, como indicado, na poltrona forrada de cretone. A srta. Gilbey, que havia retirado seu pincenê, produziu de repente um sorriso irreal e distintamente aterrorizante.

– Você está nos deixando, Joan, para ir do mundo circunscrito da escola para o mundo maior que é a vida. Eu gostaria de ter uma conversinha com você antes de sua partida na esperança de que algumas palavras minhas possam servir como um guia para você nos dias que estão por vir.

– Sim, srta. Gilbey.

– Aqui, neste ambiente feliz, com companhias jovens da sua idade, você foi protegida das perplexidades e dificuldades que ninguém pode evitar inteiramente em sua vida.

– Sim, srta. Gilbey.

– Eu sei que você foi feliz aqui.

– Sim, srta. Gilbey.

– E você se saiu bem aqui. Estou satisfeita com o progresso que você fez. Você foi uma das nossas pupilas com desempenho mais satisfatório.

Ligeira confusão.

– Ah... hum... fico contente, srta. Gilbey.

– Mas a vida agora se descortina diante de você com novos problemas, novas responsabilidades...

A conversa seguiu em frente. Nos intervalos apropriados, Joan murmurava:

– Sim, srta. Gilbey.

Ela se sentia ligeiramente hipnotizada.

Uma das vantagens da srta. Gilbey em sua carreira era possuir uma voz que era, segundo Blanche Haggard, orquestral em seu compasso. Começando com a suavidade de um violoncelo, fazendo elogios nas modulações de uma flauta, aprofundando para dar avisos nos tons de um fagote. Então, para aquelas garotas de pronunciada capacidade intelectual, a exortação para uma carreira era proclamada nos tons dos metais; já para aquelas de calibre mais doméstico, os deveres de esposa e mãe eram mencionados nas notas mudas do violino.

Somente ao final do discurso a srta. Gilbey falou, por assim dizer, em pizicato:

– E agora, apenas algumas palavras em especial. *Nada de preguiça mental*, Joan, querida! Não aceite as coisas apenas como são, porque esse é o modo mais fácil e porque vai lhe poupar esforço! A vida deve ser vivida, não tapeada. E nunca esteja satisfeita demais consigo mesma!

– Sim, não, srta. Gilbey.

– Porque, *entre nous*, este é seu pequeno ponto fraco, não é, Joan? Pense nos outros, querida, e não demais em você mesma. E esteja preparada para aceitar responsabilidades.

E então o grande clímax orquestral:

— A vida, Joan, tem de ser um progresso contínuo, uma elevação sobre os degraus de nossas individualidades mortas até coisas maiores. Dor e sofrimento virão. Acontecem a todos. Mesmo Nosso Senhor não foi imune aos sofrimentos de nossa vida mortal. Como ele conheceu a agonia em Getsêmane, também você conhecerá, e, se não conhecer, Joan, é porque seu caminho se terá desviado para longe da senda da verdade. Lembre-se disso quando vier a hora da dúvida e da agonia. E lembre-se, querida, de que fico contente em ouvir notícias das minhas ex-alunas a qualquer hora, e estou sempre pronta para ajudá-las com conselhos, caso elas peçam. Deus a abençoe, querida.

E, logo a seguir, a bênção final do beijo de despedida da srta. Gilbey, um beijo que foi menos um contato humano do que um prêmio superestimado.

Joan, um pouco tonta, foi dispensada.

Ao retornar ao dormitório, ela encontrou Blanche Haggard, usando o pincenê de Mary Grant e com um travesseiro enfiado sob seu agasalho de ginástica, dando um espetáculo orquestral para uma plateia fascinada:

— Você sairá — retumbou Blanche — deste mundo feliz da escola para o mundo maior e mais perigoso da vida. A vida se descortina diante de você com seus problemas, suas responsabilidades...

Joan juntou-se à plateia. O aplauso cresceu enquanto Blanche se aproximava do desfecho.

— A você, Blanche Haggard, digo apenas uma palavra. Disciplina. Discipline suas emoções, pratique o autocontrole. Seu próprio coração caloroso pode tornar-se perigoso. Somente através de estrita disciplina você pode alcançar as alturas. Você tem grandes talentos, minha querida. Use-os bem. Você tem uma série de defeitos, Blanche, uma série de defeitos. Mas são os defeitos de uma natureza generosa e podem ser corrigidos.

"A vida – a voz de Blanche subiu para um falsete estridente – é um progresso contínuo. Suba os degraus das nossas individualidades mortas... (ver Wordsworth). Lembre-se da velha escola e lembre-se de que a tia Gilbey dá conselhos e ajuda, sempre que receber um envelope com endereço e selo pago!"

Blanche fez uma pausa, mas, para sua surpresa, esta não foi seguida por risos ou aplausos. Todas pareciam ter se transformado em mármore, e suas cabeças estavam voltadas para a porta aberta, onde a srta. Gilbey estava parada majestosamente com o pincenê na mão.

– Se você está pensando em seguir uma carreira no palco, Blanche, creio que existem diversas faculdades excelentes de artes cênicas onde eles a ensinariam controle de voz e elocução apropriados. Você parece ter alguns talentos nesse sentido. Por favor, faça a gentileza de devolver o travesseiro para seu lugar correto agora mesmo.

E com isso ela se retirou rapidamente.

– Ufa! – disse Blanche. – A velha bruxa! Ela teve espírito esportivo... Mas ela sabe como deixar a gente envergonhada.

"Sim", pensou Joan, "a srta. Gilbey tinha uma grande personalidade." Ela havia finalmente se aposentado, apenas um ano após Averil ter sido mandada para St. Anne. A nova diretora não tinha a mesma personalidade dinâmica, e a escola começou a decair em consequência disso.

Blanche estava certa, a srta. Gilbey era uma bruxa. Mas sabia causar impressão. E, de fato, estava bastante correta sobre Blanche, refletiu Joan. Disciplina, era disso que Blanche precisava em sua vida. Instintos generosos, sim, possivelmente. Mas talvez faltasse autocontrole. Ainda assim, Blanche *era* generosa. Aquele dinheiro, por exemplo, o dinheiro que Joan havia-lhe mandado, Blanche não gastou consigo mesma. Ela comprou uma escrivaninha com tampo para Tom Holliday com ele. Uma escrivaninha era a última coisa no mundo que Blanche teria querido. Uma pessoa generosa e de coração bom, Blanche. E ainda assim ela abandonou seus filhos, partiu sem remorsos e desertou as duas criaturinhas que ela mesma trouxera ao mundo.

Isso apenas demonstrava que havia pessoas que não tinham instinto maternal nenhum. "Os filhos sempre devem vir em primeiro lugar", pensou Joan. Ela e Rodney sempre concordaram a respeito disso. Rodney era um verdadeiro altruísta, se isso lhe fosse proposto da maneira certa. Ela chamou a atenção dele, por exemplo, para o fato de que seu belo e ensolarado quarto de vestir deveria ser o quarto das crianças, e ele concordou de boa vontade em se mudar para o quartinho que dava para o jardim dos fundos. As crianças deveriam ficar com todo o sol e toda a luz que houvesse.

Joan e Rodney sempre foram pais muito conscienciosos. E as crianças lhes haviam dado muita satisfação, em especial quando eram bem pequenas, tão atraentes e bonitas. Mais bem-educados do que os garotos Sherston, por exemplo. A sra. Sherston nunca pareceu se importar com a imagem dos filhos. E ela mesma juntava-se a eles nas atividades mais curiosas, rastejando como um pele-vermelha e dando gritos e berros selvagens. Certa vez, quando eles estavam tentando representar um circo, ela fez uma excelente imitação de leão-marinho!

O fato era, decidiu Joan, que a própria Leslie Sherston nunca crescera propriamente.

Ainda assim, ela teve uma vida muito triste, pobre mulher.

Joan pensou na vez em que ela encontrou o capitão Sherston de maneira bastante inesperada em Somerset.

Ela estava visitando amigos naquela parte do mundo e não fazia ideia de que os Sherston estavam morando na cidade. Ela ficou cara a cara com o capitão Sherston quando ele saiu de um bar local (tão típico).

Ela não o via desde sua soltura e realmente foi um choque e tanto ver a diferença dos velhos dias do gerente de banco elegante e confiante.

Aquela curiosa aparência vazia que homens grandes e agressivos adquirem quando fracassam na vida. Os ombros caídos, o colete folgado, as bochechas descarnadas, o olhar rápido e evasivo.

E pensar que um dia já confiaram nesse homem.

Ele foi tomado de surpresa ao vê-la, mas se recuperou bem e a cumprimentou com um arremedo doloroso de seu jeito de outrora:

– Bem, bem, bem, sra. Scudamore! O mundo é mesmo pequeno. E o que a traz a Skipton Haynes?

Parado ali, endireitando os ombros, esforçando-se para colocar na voz a velha alegria de viver e a autoconfiança. Era uma apresentação lastimável e Joan, contra a vontade, sentiu pena dele.

Como era terrível decair daquele jeito! Sentir que a qualquer momento se poderia encontrar alguém de sua vida pregressa, alguém que poderia se recusar até mesmo a reconhecê-lo.

Não que ela mesma tivesse qualquer intenção de se comportar dessa forma. Naturalmente Joan estava bastante preparada para ser gentil.

Sherston disse:

– Você tem de vir comigo e ver minha esposa. Você tem de tomar um chá conosco. Sim, sim, minha cara, eu insisto!

E a paródia de seus antigos modos foi tão dolorosa que Joan, apesar de não ter a menor vontade, se deixou conduzir pela rua enquanto Sherston continuava com sua embaraçosa imitação.

Ele gostaria que ela conhecesse seu pequeno lar, ou melhor, nem tão pequeno. Até que tinha uns bons hectares. É claro que produzir para o mercado era trabalho duro. Sua melhor linha de produção era de anêmonas e maçãs.

Ainda falando, ele destrancou um portão um tanto dilapidado que precisava de pintura, e eles caminharam por um acesso tomado de ervas daninhas. Logo viram Leslie, curvada sobre os canteiros de anêmonas.

– Veja quem está aqui – chamou Sherston, e Leslie tirou o cabelo do rosto, se aproximou e disse que isso *era* uma surpresa!

Joan logo notou como Leslie parecia muito mais velha e doente. Havia em seu rosto rugas talhadas pela fadiga e pela dor. Mas, por outro lado, ela estava exatamente como sempre, alegre, desarrumada e cheia de vida.

Enquanto eles estavam ali parados conversando, os garotos chegaram da escola e vieram correndo pelo acesso em direção a Leslie, fazendo algazarra e colidindo carinhosamente contra ela, gritando "mamãe, mamãe, mamãe". Leslie, após aguentar a carga por alguns minutos, disse de repente com voz muito imperiosa:

– Quietos! Temos visitas.

E os garotos se transformaram subitamente em dois anjos educados que cumprimentaram a sra. Scudamore com um aperto de mãos e falavam baixo.

Joan lembrou-se um pouco de um primo seu que treinava cães de competição. Com uma palavra de comando, os cães sentavam sobre suas patas traseiras, com outra disparavam feito loucos na direção do horizonte. "Os filhos de Leslie", ela pensou, "pareciam treinados pelo mesmo método."

Eles entraram em casa, e Leslie foi buscar chá com a ajuda dos garotos e logo o trouxe em uma bandeja com uma bisnaga de pão, manteiga, geleia feita em casa, as xícaras grossas de cozinha, e Leslie e os garotos rindo.

Mas o que aconteceu de mais curioso foi a mudança em Sherston. Aquele seu jeito doloroso, inquieto e envergonhado, desapareceu. Ele tornou-se de repente dono da casa e anfitrião, um anfitrião muito bom. Mesmo suas maneiras sociais estavam de acordo. Ele parecia subitamente feliz, satisfeito consigo mesmo e com sua família. Era como se, dentro daquelas quatro paredes, o mundo exterior e seu julgamento cessassem de existir para ele. Os garotos insistiram que ele os ajudasse com algum trabalho de carpintaria, e Leslie disse-lhe que não esquecesse que havia prometido consertar a enxada e perguntou se eles deveriam colher as anêmonas no dia seguinte, ou será que poderiam deixar para quinta-feira de manhã?

Joan pensou consigo mesma que nunca gostara dele como agora. Ela compreendeu e sentiu, pela primeira vez, a devoção de Leslie por ele. Além disso, ele deveria ter sido um homem muito bonito um dia.

Mas, alguns momentos mais tarde, ela recebeu um choque e tanto.

Peter pedia ansiosamente:

– Conte-nos a história engraçada do guarda da prisão e o pudim de ameixa!

E então, insistindo, já que seu pai não esboçava reação:

– *Você* sabe, quando você estava na prisão, o que o guarda disse, e o outro guarda?

Sherston hesitou e pareceu um pouco envergonhado.

Leslie disse com calma:

– Vá em frente, Charles. É uma história muito engraçada. A sra. Scudamore gostaria de ouvi-la.

Então ele a contou, e era bastante engraçada, embora talvez nem tanto quanto os garotos pareciam achar. Eles rolavam no chão, dobrando-se e sufocando de tanto rir. Joan riu com educação, mas estava sobressaltada e um pouco chocada e, mais tarde, quando Leslie a levou para o andar de cima, ela murmurou de maneira delicada:

– Eu não fazia ideia de que eles *sabiam*!

Leslie parecia à vontade com a situação. "Ela tinha de ser muito insensível", pensou Joan.

– Eles saberiam de qualquer jeito um dia – disse ela. – Não é? Então que saibam agora. É mais fácil.

Era mais fácil, concordou Joan, mas era sensato? O idealismo delicado da mente de uma criança, destruir sua confiança e sua fé... Ela parou de súbito.

Leslie disse não acreditar que seus filhos fossem muito delicados ou idealistas. Ela achava que seria pior para eles saberem que havia algo e ninguém dizer o que era.

Ela gesticulou daquele seu jeito desarticulado e desajeitado, e disse:

– Fazer mistérios ou algo assim seria muito pior. Quando eles me perguntaram por que o papai havia ido embora, achei melhor agir com naturalidade, então lhes contei que ele havia roubado dinheiro do banco e ido para a prisão. Afinal de contas, eles sabem o que é roubar. Peter costumava roubar geleia e ser mandado para a cama por causa disso. Se adultos fazem coisas erradas, são mandados para a prisão. É bastante simples.

– Mesmo assim, uma criança olhar para o pai com *desprezo* em vez de *orgulho*...

– Ah, eles não olham para ele com desprezo. – Leslie mais uma vez parecia se divertir. – Na verdade, eles sentem bastante pena dele e adoram ouvir tudo sobre a vida na prisão.

– Tenho certeza de que isso não é bom – disse Joan com firmeza.

– Você acha que não? – Leslie meditou. – Talvez não. Mas foi bom para Charles. Ele voltou para casa servil como um cão. Não pude suportar. Então achei que a única coisa a se fazer era agir com toda naturalidade. Afinal de contas, não se pode fingir que três anos de sua vida nunca existiram. Acho que é melhor tratar disso como uma dessas coisas que acontecem.

"E esta", pensou Joan, "era Leslie Sherston, descuidada e indolente, sem concepção alguma de qualquer sentimento mais delicado! Sempre tomando o caminho da menor resistência."

Ainda assim, ela merecia crédito por ter sido uma esposa fiel.

Joan disse com gentileza:

– Saiba, Leslie, que acho heroica a maneira como você ficou ao lado de seu marido e trabalhou tão duro para manter as coisas andando enquanto ele estava... hum... longe de casa. Rodney e eu falamos muito sobre isso.

Que estranho meio sorriso tinha aquela mulher. Apenas agora Joan o havia notado. Talvez o elogio houvesse deixado Leslie embaraçada. Foi certamente com uma voz bem mais severa que Leslie perguntou:

– Como está Rodney?

– Muito ocupado, o pobrezinho. Digo-lhe sempre que ele deveria tirar folga de vez em quando.

Leslie disse:

– Isso não é tão fácil. Imagino que o trabalho dele, como o meu, seja de tempo integral. Não há muitas folgas possíveis.

– Não há. Ouso afirmar que é verdade, e é claro que Rodney é muito diligente.

– Um trabalho de tempo integral – disse Leslie. Ela foi devagar até a janela e ficou ali, olhando para fora.

Alguma coisa no perfil dela chamou a atenção de Joan. Leslie em geral vestia-se com desleixo, mas certamente...

– Leslie – Joan exclamou por impulso. – Com certeza você não está...

Leslie voltou-se e, encontrando devagar o olhar da outra mulher, anuiu com a cabeça.

– Sim – disse ela. – Em agosto.

– Ah, querida – Joan se sentiu genuinamente angustiada.

E de repente, de surpresa, Leslie irrompeu em um discurso apaixonado. Não era mais descuidada e indolente. Era como um prisioneiro condenado que faz sua defesa.

– Isso fez toda a diferença para Charles. Toda a diferença! Você compreende? Não sei como ele se sente a respeito disso. É como um símbolo de que ele não é um pária, de que tudo está como sempre foi. Ele chegou a tentar parar de beber, desde que ficou sabendo.

Tão apaixonada era a voz de Leslie que Joan somente perceberia mais tarde a implicação da última frase.

Ela disse:

– É claro que você é quem sabe de sua vida, mas eu diria que não foi uma decisão inteligente, no momento.

– Financeiramente, você quer dizer? – Leslie riu. – Oh, tudo vai melhorar. Produzimos quase tudo que comemos, de qualquer maneira.

– E, sabe, você não parece muito forte.

– Forte? Sou incrivelmente forte. Forte demais. Desconfio de que qualquer coisa que possa matar-me não o fará com facilidade.

Ela estremeceu um pouco, como se, mesmo então, tivesse alguma estranha previsão de uma doença e dor torturante...

E elas desceram outra vez, e Sherston disse que acompanharia a sra. Scudamore até a esquina e mostraria a ela o atalho pelos campos. Por fim, voltando a cabeça para trás enquanto eles andavam pelo acesso, ela viu Leslie e os garotos emaranhados e rolando no chão, dando gritos de alegria selvagem. "Leslie, rolando pelo chão com as crias, como animais", pensou Joan com ligeiro desgosto, e então inclinou a cabeça para prestar atenção ao que o capitão Sherston estava dizendo.

Ele dizia, em termos bastante incoerentes, que não existia, nunca havia existido e nunca existiria uma mulher como sua esposa.

– Você não faz ideia, sra. Scudamore, do que ela tem sido para mim. Nenhuma ideia. Ninguém faria. Não a mereço e sei disso...

Joan observou, alarmada, as lágrimas fáceis que enchiam os olhos dele. Era um homem de sentimentalismo fútil.

– Sempre a mesma, sempre alegre, parece achar que tudo o que acontece é interessante e divertido. E nunca uma palavra de reprovação. Nunca uma palavra. Mas vou me redimir com ela, juro que vou me redimir com ela.

Ocorreu a Joan que o capitão Sherston poderia demonstrar seu apreço não visitando o Anchor & Bell com muita frequência. Ela quase o disse.

Joan livrou-se dele, por fim, dizendo que concordava, é claro, e o que ele disse era tão verdadeiro, e fora tão bom vê-los ambos. Ela afastou-se pelo campo e, olhando para trás enquanto atravessava a cerca, viu o capitão Sherston imóvel diante do Anchor & Bell, consultando o relógio para calcular quanto tempo faltava para abrir.

Toda a situação, ela disse a Rodney ao chegar, era muito triste.

E Rodney, parecendo obtuso de propósito, comentou:

– Achei que você tivesse dito que eles todos pareciam felizes juntos.

– Bem, sim, de certa maneira.

Rodney disse que lhe parecia que Leslie Sherston estava tirando o melhor de uma situação difícil.

– Ela certamente foi muito corajosa frente a tudo. E imagine só: ela ainda vai ter outro filho.

Rodney se pôs em pé ao ouvir isso e caminhou devagar até a janela. Agora que Joan pensava a respeito, ele ficou ali parado, olhando para fora de maneira muito parecida com a de Leslie. Ele disse, após alguns minutos:

– Quando?

– Agosto – disse ela. – Acho que foi uma grande tolice.

– Você acha?

– Querido, pense bem. Eles têm apenas o suficiente para sobreviver. Um novo bebê será uma complicação a mais.

Ele disse lentamente:

– Os ombros de Leslie são largos.

– Bem, mas acabarão cedendo se ela tentar carregar demais. Ela parece doente.

– Ela parecia doente quando partiu daqui.

– Ela parece bem mais velha também. É muito fácil dizer que isso fará toda a diferença para Charles Sherston.

– Foi o que ela disse?

– Sim. Ela disse que *fez* toda a diferença.

Rodney disse de modo pensativo:

– É provável que seja verdade. Sherston é uma dessas pessoas incomuns que vivem por inteiro da imagem que os outros fazem delas. Quando o juiz pronunciou-lhe a sentença, Sherston exauriu-se como um balão furado. Foi muito lamentável e, ao mesmo tempo, repulsivo. Devo dizer que a única esperança para Sherston será retomar, de uma forma ou outra, sua autoestima. Será um trabalho de tempo integral.

– Mas ainda acho que outra criança...

Rodney a interrompeu. Ele voltou-se da janela, e seu rosto pálido de ira a sobressaltou.

– Ela é a esposa dele, não é? Ela teve somente duas alternativas: abandoná-lo de uma vez e levar as crianças ou voltar para ele e ser uma maldita esposa exemplar. Foi isto que ela escolheu, e Leslie não faz as coisas pela metade.

E Joan perguntou se existia alguma razão para ele ficar tão agitado, e Rodney respondeu:

– Certamente não – mas ele estava farto desse mundo prudente e cuidadoso que calculava o custo de tudo antes de tomar decisões e nunca corria riscos! Joan disse que esperava que ele não falasse assim com seus clientes, e Rodney sorria ao afirmar:

– Não há perigo.

Ele sempre os aconselhava a chegar a um acordo fora do tribunal!

Capítulo 7

Era talvez natural que Joan sonhasse naquela noite com a srta. Gilbey. A srta. Gilbey usando um capacete de cortiça, caminhando ao seu lado pelo deserto e dizendo com voz autoritária:

– Você deveria ter prestado mais atenção aos lagartos, Joan. Seu conhecimento de história natural é fraco.

Ao que ela respondeu, é claro:

– Sim, srta. Gilbey.

E a srta. Gilbey disse:

– Agora não finja que você não sabe do que eu estou falando, Joan. Você sabe perfeitamente bem. Disciplina, querida.

Joan acordou e, por alguns momentos, achou que estava de volta à St. Anne. Era verdade que a pousada não era muito diferente de um dormitório escolar. A pouca mobília, as camas de ferro, as paredes nuas.

"Deus", pensou Joan, "mais um dia para se passar."

O que a srta. Gilbey dissera no seu sonho?

"Disciplina."

Bem, havia verdade nisso. Fora de fato uma grande bobagem ter-se alterado daquele modo no dia anterior, por nada! Ela tinha de disciplinar seus pensamentos, organizar sua mente de maneira sistemática e investigar de uma vez por todas essa ideia de agorafobia.

Com certeza ela se sentia bem naquele momento, ali na pousada. Talvez fosse mais sensato não sair mais.

Mas Joan sentiu um aperto no coração diante da perspectiva. Todo o dia naquele lugar sombrio, com o cheiro de gordura de carneiro, parafina e inseticida; todo o dia sem nada para ler; nada para fazer.

O que faziam os prisioneiros em suas celas? Bem, é claro que eles se exercitavam e costuravam sacos de correio ou algo do gênero. De outra maneira, supôs Joan, eles enlouqueceriam.

Mas havia o confinamento solitário... Que deixava as pessoas malucas.

Confinamento solitário, dia após dia, semana após semana.

Ora, ela sentia-se como se estivesse ali há *semanas*! E quanto tempo fazia... Dois dias?

Dois dias! Incrível. Como era aquele verso de Omar Khayyam? "Eu com os dez mil anos de ontem." Algo assim. Por que ela não conseguia se lembrar de nada direito?

Não, não de novo. Tentar lembrar e recitar poesia não dera certo, nem um pouco certo. A verdade é que havia algo muito perturbador a respeito da poesia. Ela tinha uma pungência, um modo de atingir o espírito...

Do que ela estava falando? Certamente, quanto mais espirituais fossem os pensamentos, melhor. E ela sempre foi o tipo de pessoa bastante espiritual...

"*Você sempre foi fria como uma pedra...*"

Por que a voz de Blanche se intrometia em seus pensamentos? Uma observação bastante vulgar e inoportuna... Típica de Blanche! Bem, Joan supôs que pareceria assim para alguém como Blanche, alguém que se deixava fazer em pedaços por suas paixões. Não se podia culpar Blanche por ser grosseira, ela apenas era assim. Não se havia notado nada quando ela era garota, pois Blanche fora tão adorável e bem-educada, mas a grosseria deve ter sempre estado lá, em seu íntimo.

Ora, fria como uma pedra! Nada disso.

Seria muito melhor para Blanche se *ela* mesma tivesse um temperamento mais pétreo!

Ela parecia ter levado a vida mais deplorável.

De fato, *muito* deplorável.

O que ela dissera? "Pode-se sempre pensar nos próprios pecados!"

Pobre Blanche! Mas ela havia admitido que isso não ocuparia Joan por muito tempo. Ela percebera, então, a diferença entre ela mesma e Joan. Havia fingido pensar que Joan logo se cansaria de enumerar suas realizações. (Era verdade, talvez, que às vezes não se dava o valor devido às próprias realizações!) O que ela havia dito depois? Algo bastante curioso...

Ah, sim. Ela se perguntou o que se poderia descobrir a respeito de si, se não houvesse nada para fazer a não ser pensar sobre si mesmo por dias a fio...

De certa maneira, uma ideia bem interessante.

De fato, uma ideia muito interessante.

Apenas Blanche disse que ela mesma não gostaria de tentá-lo...

Ela soou... quase... *temerosa*.

"Pergunto-me", pensou Joan, "se seria possível descobrir algo sobre si mesmo."

"É claro que não estou *acostumada* a pensar em mim mesma..."

"Nunca fui uma mulher egocêntrica."

"Como será", pensou Joan, "que as outras pessoas me veem? Não em geral, quero dizer, mas em particular."

Ela tentou se lembrar de quaisquer exemplos de coisas que pessoas lhe haviam dito...

Barbara, por exemplo:

– *Seus* criados, mãe, são sempre perfeitos. *Você* se assegura disso.

Um grande elogio, de certa forma, demonstrando que seus filhos a consideravam uma boa administradora e dona de casa. E era verdade, Joan dirigia sua casa com eficiência. Seus criados gostavam dela, ou pelo menos faziam o que mandava. Eles talvez não demonstrassem muita preocupação quando ela tinha dores de cabeça ou quando não estava se sentindo bem, mas ela não havia permitido esse tipo de intimidade. E o que disse aquela excelente cozinheira ao pedir demissão? Algo sobre não poder continuar para sempre sem reconhecimento, algo bastante ridículo.

– Sou sempre repreendida quando as coisas dão errado, madame, e não recebo nenhum elogio quando dão certo. Bem, isso desanima qualquer um.

Ela respondeu friamente:

– Com certeza você sabe que, se nada foi dito, é porque tudo está bem e perfeitamente adequado.

– Pode ser, madame, mas é desalentador. Afinal de contas, sou um ser humano e esforcei-me para preparar aquele guisado espanhol que a senhora pediu, embora só tenha causado problemas e eu mesma não goste desses pratos inventados.

– Estava excelente.

– Sim, madame. Achei que deveria estar, já que não sobrou nem um pouco, mas nada foi dito.

Joan disse com impaciência:

– Você não acha que está sendo um tanto tola? Afinal de contas, você recebe um salário muito bom para cozinhar... E, portanto, entende-se que você é uma cozinheira boa o suficiente. Se algo não estiver adequado, mencionarei.

– Com certeza mencionará, madame.

– E, ao que parece, esse fato a desagrada?

– Não é isso, madame, mas acho melhor não discutir, e irei embora ao final do mês.

"Criados", pensou Joan, "deixavam muito a desejar. Tão cheios de suscetibilidades e ressentimentos." Eles todos adoravam Rodney, é claro, somente porque ele era homem. Nada que se fazia para o patrão era trabalhoso demais. E Rodney às vezes sabia as coisas mais inesperadas sobre eles.

– Não importune Edna – ele diria, de modo surpreendente. – O namorado dela arranjou outra garota, e isso a tirou dos eixos. É o motivo de ela estar derrubando objetos, servindo vegetais duas vezes e esquecendo tudo.

– Como você pode saber disso, Rodney?

– Ela me contou, hoje de manhã.

– E não é estranho que ela fale com *você* a esse respeito?

– Bem, na realidade eu perguntei a ela o que havia de errado. Notei que seus olhos estavam vermelhos, como se houvesse chorado.

"Rodney", pensou Joan, "era uma pessoa extraordinariamente generosa."

Ela disse-lhe certa vez:

– Eu imaginaria que, com sua experiência de advogado, você se cansaria dos conflitos humanos.

E ele respondeu pensativamente:

– Sim, pode-se pensar assim. Mas as coisas não funcionam dessa forma. Acho que advogados de família do interior veem mais o lado sórdido das relações humanas do que quase todos, exceto os médicos. Mas isso parece apenas aprofundar a piedade que se sente por toda a raça humana, tão vulnerável, tão inclinada ao medo, à suspeita e à ganância, e às vezes capaz de atos inesperados de altruísmo e coragem. Esta talvez seja a única compensação que existe: o aumento de nossa compaixão.

Esteve na ponta de sua língua dizer: "Compensação? O que você quer dizer com isso?".

Mas, por alguma razão, ela não disse. "Melhor não", ela pensou. "Não, melhor não dizer nada."

Mas ela ficava incomodada às vezes com os resultados práticos da facilidade com que se despertava a compaixão de Rodney.

A questão, por exemplo, da hipoteca do velho Hoddesdon.

Ela ficou sabendo disso não por meio de Rodney, mas da esposa tagarela do sobrinho de Hoddesdon, e voltou para casa seriamente incomodada.

Era verdade que Rodney havia adiantado o dinheiro com seu próprio capital?

Rodney pareceu ter se aborrecido. Ele corou e respondeu veemente:

– Quem contou a você?

Joan revelou a ele e então disse:

– Por que ele não poderia tomar o dinheiro emprestado como todo mundo?

– Não seria seguro o suficiente, sob o estrito ponto de vista de negócios. Está difícil aumentar hipotecas rurais, no momento.

– Então por que razão *você* está dando esse empréstimo?

– Oh, não terei problemas. Hoddesdon é um bom fazendeiro. A falta de capital e duas safras ruins o deixaram na mão.

– Permanece o fato de que ele está em más condições e tem de levantar dinheiro. Não consigo ver como isso seja um bom negócio, Rodney.

E, de maneira um tanto súbita e inesperada, Rodney perdeu sua paciência.

Ela entendia alguma coisa, ele perguntou a Joan, do apuro que os produtores rurais em todo o país estavam passando? Ela sabia das dificuldades, dos obstáculos, da política míope do governo? Ele ficou parado ali despejando uma confusão de informações relativas a toda a situação agrícola da Inglaterra, e depois iniciou uma descrição acalorada e indignada das dificuldades particulares do velho Hoddesdon.

– Poderia acontecer a qualquer um. Não importava o quanto ele fosse inteligente e trabalhador. Poderia ter acontecido comigo se eu estivesse no lugar dele. É, sobretudo, falta de capital, agravada por má sorte. E, de qualquer maneira, se você me permite dizer, esse assunto não lhe diz respeito, Joan. Eu não interfiro na forma como você cuida da casa e dos filhos. É seu departamento. Este é meu.

Ela ficou magoada. Magoada e ressentida. Usar aquele tom não era nem um pouco do feitio de Rodney. Foi o mais próximo que eles chegaram de uma briga.

E tudo por causa daquele velho cansativo, Hoddesdon. Rodney estava obcecado pelo velho estúpido. Nas tardes de domingo, ele ia até a fazenda dele e passava a tarde caminhando pela propriedade com Hoddesdon, e voltava cheio de informações sobre o estado das safras e doenças do gado e outros assuntos sem nenhum interesse.

Ele até costumava vitimar seus convidados com a mesma conversa.

Ora, Joan se lembrava de como, em uma *garden party*, ela notou Rodney e a sra. Sherston sentados juntos em um dos bancos do jardim, com Rodney falando, falando, falando. Tanto que ela se perguntou sobre o que ele teria tanto para falar, e foi até eles para verificar. Porque Rodney parecia tão animado, e Leslie Sherston ouvia com um interesse que parecia tão intenso.

E, pelo visto, ele estava apenas falando de rebanhos de gado leiteiro e da necessidade de manter o bom nível de animais de raça no país.

Dificilmente um assunto que poderia ser de qualquer interesse para Leslie Sherston, que não tinha nenhum conhecimento em particular de tais questões, ou interesse nelas. No entanto, Leslie Sherston estava ouvindo com o que parecia profunda atenção, seu olhar fixo no rosto ávido e animado de Rodney.

Joan disse alegremente:

– Ora, Rodney, você não deve incomodar a pobre sra. Sherston com essas coisas enfadonhas.

(Pois isso havia ocorrido quando os Sherston ainda eram recém-chegados a Crayminster, antes que os Scudamore os conhecessem bem.)

O brilho sumiu do rosto de Rodney e ele disse a Leslie, desculpando-se:

– Sinto muito.

E Leslie Sherston disse rápida e abruptamente, da maneira como ela sempre falava:

– Você está errada, sra. Scudamore. Achei muito interessante o que o sr. Scudamore dizia.

E o olhar dela brilhou por um instante, o que fez Joan dizer para si mesma: "Esta mulher tem mesmo um temperamento e tanto".

E logo depois Myrna Randolph apareceu, um pouco sem fôlego, e exclamou:

– Rodney, querido, você tem de jogar este set *comigo*. Estamos esperando por você.

E, com aquela maneira encantadora e imperiosa, admissível apenas em uma garota realmente bonita, ela estendeu as mãos, puxou Rodney até pô-lo em pé e, sorrindo para ele, simplesmente o arrastou à quadra de tênis. Quisesse ele ou não!

Ela caminhou ao seu lado, tomando-lhe o braço com familiaridade, o rosto voltado para o dele, olhando-o nos olhos.

E Joan pensou irada que, embora não houvesse nada demais naquilo, homens não gostavam de garotas que se jogavam sobre eles daquela forma...

E então imaginou, com um repentino e estranho calafrio, que talvez os homens *gostassem* disso!

Ela olhou para frente e viu Leslie Sherston a observando. Leslie parecia não mais ter um temperamento forte. Ela parecia, em vez disso, sentir pena de Joan. O que era impertinente, para dizer pouco.

Joan agitou-se em sua cama estreita. Como era possível que houvesse retornado a Myrna Randolph? Oh, é claro, imaginando o efeito que ela própria tinha sobre outras pessoas. Ela achava que Myrna não gostava dela. E fazia bem, na opinião de Joan. O tipo de garota que acabaria com o casamento de qualquer uma, se tivesse chance!

Bem, bem, não era preciso se incomodar e se zangar com isso agora.

Ela devia se levantar e tomar o café da manhã. Talvez pudessem preparar-lhe um ovo escaldado, para mudar um pouco o cardápio? Joan estava tão cansada de omeletes murchas.

O hindu, entretanto, parecia impenetrável à sugestão de um ovo escaldado.

– Cozinhar ovo na água? *Memsahib* quer dizer ferver?

Não, Joan disse, ela não queria dizer ferver. O ovo cozido daquela pousada, como ela sabia por experiência, era sempre duro demais. Ela tentou explicar a ciência do ovo escaldado. O hindu balançou a cabeça.

– Colocar ovo na água, ovo vai embora. Vou fazer para *memsahib* um belo ovo frito.

Então Joan comeu dois "belos" ovos fritos, queimados nas beiradas e com gemas embranquecidas e duras. "Considerando tudo", ela pensou, "preferia a omelete."

O café terminou cedo demais. Ela pediu notícias do trem, mas não havia.

Então ali estava ela, sem outra saída a não ser enfrentar a situação. Mais um longo dia à frente.

Mas, naquele dia, de qualquer maneira, ela organizaria seu tempo de modo inteligente. O problema era que até então ela apenas tentara passar o tempo.

Ela era uma pessoa esperando em uma estação por um trem, e era natural que isso engendrasse uma disposição nervosa e irritadiça.

Talvez ela devesse considerar aquele como um período de descanso e *disciplina*. Algo semelhante a um retiro. Assim os católicos romanos os chamavam. Eles iam aos retiros e voltavam espiritualmente renovados.

"Não há razão", pensou Joan, "para eu não me sentir espiritualmente renovada também."

Talvez sua vida houvesse sido relaxada demais nos últimos anos. Muito agradável, fácil demais.

Uma fantasmagórica srta. Gilbey parecia estar ao seu lado, dizendo, com os inesquecíveis tons de fagote: "Disciplina!".

Mas isso, na verdade, ela dissera a Blanche Haggard. A Joan ela havia dito (de maneira bastante rude): "Não fique satisfeita demais com você mesma, Joan".

Foi indelicado. Pois Joan nunca esteve nem um pouco satisfeita consigo mesma, pelo menos não daquele jeito enfatuado. "Pense nos outros, minha cara, e não demais em si mesma." Bem, ela fez isso, sempre pensou nos outros. Joan quase não pensava em si mesma, ou se colocava em primeiro lugar. Ela sempre foi abnegada, pensando nas crianças, em Rodney.

Averil!

Por que subitamente ela teve de pensar em Averil?

Por que ver de maneira tão clara o rosto da sua filha mais velha, com seu sorriso educado, um pouco zombeteiro?

Averil, sem dúvida, nunca dera o valor devido à sua mãe.

As coisas que ela dizia às vezes, um tanto sarcásticas, eram muitíssimo irritantes. Não exatamente grosseiras, mas...

Bem, mas o quê?

Aquele olhar de divertimento silencioso, as sobrancelhas erguidas. E sua maneira quieta e vagarosa de deixar um aposento.

Averil era devotada a ela, é claro, todos os filhos eram devotados a ela...

Eram mesmo?

Será que seus filhos eram devotados a ela, será que ao menos se importavam com ela?

Joan começou a levantar-se da cadeira, mas deixou-se cair nela outra vez.

De onde vinham essas ideias? O que a fazia pensar nelas? Ideias tão assustadoras e desagradáveis... "Tire-as da cabeça, tente não pensar nelas..."

A voz da srta. Gilbey, em pizicato: "Nada de preguiça mental, Joan. Não aceite as coisas como elas se apresentam, porque esta é a maneira mais fácil, e porque isso pode lhe poupar dor..."

Era por isso que ela queria evitar essas ideias? Para lhe poupar dor?

Porque elas certamente eram ideias dolorosas...

Averil...

Será que Averil era devotada a ela? *Será* que Averil, vamos Joan, enfrente a questão, pelo menos gostava dela?

Bem, a verdade era que Averil era um tipo um tanto peculiar de garota: fria, pouco emotiva.

Não, talvez não pouco emotiva. Na realidade, Averil havia sido a única dos três filhos a lhes causar verdadeiros problemas.

Calma e bem-comportada Averil. O choque que lhes causou.

O choque que causou a *Joan*!

Ela abriu a carta sem a menor suspeita de seu conteúdo. Endereçada com uma caligrafia rabiscada, de quem mal sabia escrever, ela achou que a carta era de um dos muitos idosos pobres a quem ajudava.

Joan leu as palavras quase sem compreendê-las.

"Isto é para que você saiba que sua filha está tendo um caso com o doutor lá no sanatório. Beijos furtivos no bosque são algo vergonhoso e têm de ser impedidos."

Joan encarou a folha suja de papel com um sentimento intenso de náusea.

Que coisa abominável, repulsiva...

Ela já ouvira falar de cartas anônimas. Mas nunca recebera uma antes. Era de revoltar o estômago.

Sua filha mais velha... Averil? Dentre todas as pessoas no mundo, Averil? *Tendo um caso* (que expressão desagradável) *com o doutor lá no sanatório.* Dr. Cargill? Aquele especialista eminente e distinto, que tivera tanto sucesso em tratar a tuberculose, um homem pelo menos vinte anos mais velho que Averil, um homem com uma encantadora esposa inválida.

Que tolice! Que tolice nojenta.

E, naquele momento, a própria Averil entrou na sala e perguntou, mas apenas com ligeira curiosidade, pois Averil nunca foi muito curiosa:

– Há algum problema, mãe?

Joan, com a carta tremendo-lhe na mão, mal conseguiu responder.

– Acho melhor nem mesmo mostrar a você, Averil. É muito, muito nojento.

Sua voz estava trêmula. Averil, erguendo suas sobrancelhas calmas e delicadas com surpresa, disse:

– Algo em uma carta?

– Sim.

– Sobre mim?

– É melhor que você não veja, querida.

Mas Averil, atravessando a sala, tomou-lhe a carta calmamente.

Esteve parada ali, lendo a carta, por um minuto e então a devolveu e disse com voz reflexiva, distante:

– Sim, não é muito sutil.

– Sutil? É asquerosa, asquerosa demais. As pessoas deveriam ser punidas pela lei por contarem mentiras desse tipo.

Averil disse calmamente:

– É uma carta horrível, mas não é mentira.

O aposento deu uma cambalhota e começou a girar. Joan exclamou, atordoada:

– O que você quer dizer com isso? Não é possível que...

– Não é preciso fazer tanto caso, mãe. Lamento que tenha descoberto desse modo, mas acho que você ficaria sabendo mais cedo ou mais tarde.

– Você quer dizer que é *verdade*? Que você e... e o dr. Cargill...

– Sim – Averil apenas anuiu.

– Mas é perverso, é vergonhoso. Um homem daquela idade, um homem casado e uma garota jovem como você...

Averil, impaciente, disse:

– Você não precisa fazer disso um melodrama barato. Não é nada disso. Tudo aconteceu aos poucos. A esposa de Rupert é inválida há muitos anos. Nós, bem, somente passamos a gostar um do outro. É tudo.

– É tudo? Francamente!

Joan tinha muito a dizer e disse. Averil nada fez além de menear os ombros e deixar a tempestade passar. No fim, quando Joan havia se cansado, Averil observou:

– Compreendo bem seu ponto de vista, mãe. Atrevo-me a dizer que sentiria o mesmo em seu lugar, embora não creia que dissesse algumas das coisas que você escolheu dizer. Mas você não pode alterar os fatos. Rupert e eu gostamos um do outro. E, apesar de sentir muito, não consigo ver o que você poderia fazer a respeito.

– Não consegue, não é? Falarei com seu pai agora mesmo.

– Pobre pai. Você tem certeza de que é necessário incomodá-lo?

– Estou certa de que ele saberá exatamente o que fazer.

– Não há nada que ele possa fazer. Será apenas uma preocupação tremenda para ele.

Aquele foi o início de um período devastador.

Averil, no olho do furacão, parecia continuar calma e imperturbável.

Mas de todo obstinada.

Joan repetiu a Rodney sem parar:

– Só posso crer que seja tudo fingimento. Não é próprio de Averil ter qualquer sentimento mais forte.

Mas Rodney balançou a cabeça.

– Você não entende Averil. Para ela, a mente e o coração importam mais que os sentidos. Quando ela ama, o sentimento é tão profundo que duvido que ela chegue a superá-lo.

– Oh, Rodney, acho que isso é bobagem! Afinal de contas, conheço Averil melhor do que você. Sou a mãe dela.

– O que não significa que você possa estar certa de qualquer coisa sobre ela. Averil sempre subestimou as coisas por escolha... Não, talvez por necessidade. Quando sente algo intenso, ela o menospreza de propósito, apenas em palavras.

– Isso soa bastante improvável.

Rodney disse devagar:

– Bem, garanto-lhe que não é. É verdade.

— Não consigo deixar de achar que você está exagerando um simples flerte tolo de adolescente. Ela se sentiu lisonjeada e gosta de pensar...

Rodney a interrompeu:

— Joan, querida, não adianta tentar tranquilizar a si mesma dizendo coisas que você mesma não acredita. A paixão de Averil por Cargill é séria.

— Então é vergonhosa *para ele*, uma completa vergonha...

— Sim, está bem, é o que todos dirão. Mas coloque-se no lugar do pobre diabo. Uma esposa inválida incurável, e toda a paixão e a beleza do coração jovem e generoso de Averil, oferecido a ele em uma bandeja de ouro. Toda a vivacidade e o frescor da mente dela.

— Ele é vinte anos mais velho do que ela!

— Eu sei, eu sei. Se apenas ele fosse dez anos mais jovem, a tentação não seria tão grande.

— Ele deve ser um canalha, um verdadeiro canalha.

Rodney suspirou.

— Ele não é. É um bom homem e muito generoso, um homem com um amor intenso e entusiasmado por sua profissão, um homem que realizou trabalhos extraordinários. A propósito, um homem que jamais deixou de ser gentil e amoroso com a esposa doente.

— Agora você está tentando fazer dele uma espécie de santo.

— Longe disso. E a maioria dos santos, Joan, teve suas paixões. Poucos entre eles eram homens e mulheres sem emoções. Não, Cargill é bem humano. Humano o suficiente para se apaixonar e sofrer. Talvez humano o suficiente para arrasar a própria vida e acabar com seu legado. Tudo depende.

— Depende de quê?

Rodney disse lentamente:

– Depende de sua filha. Do quanto ela é forte e perspicaz.

Joan disse com convicção:

– Temos de tirá-la daqui. Que tal enviá-la em um cruzeiro? Para as capitais do norte, ou as ilhas gregas? Algo assim.

Rodney sorriu.

– Você está pensando no tratamento aplicado à sua velha amiga de escola, Blanche Haggard? Não funcionou muito bem no caso dela, lembra?

– Você quer dizer que Averil voltaria correndo de algum porto estrangeiro?

– Duvido que ela chegue a partir.

– Que bobagem. Nós insistiríamos.

– Joan, querida, tente ver as coisas como elas são. Você não pode obrigar uma jovem adulta. Também não podemos trancar Averil em seu quarto ou forçá-la a deixar Crayminster, e, na realidade, não quero fazer nada disso. Essas coisas seriam apenas paliativas. Averil só pode ser influenciada por fatores que ela respeita.

– E estes são?

– Realidade. Verdade.

– Por que você não procura Rupert Cargill? Ameace-o com o escândalo.

Mais uma vez Rodney suspirou.

– Tenho medo, Joan, muito medo de precipitar as coisas.

– O que você quer dizer?

– Que Cargill abandonará tudo e que eles fugirão juntos.

– Mas não seria o fim da carreira dele?

– Sem dúvida. Não creio que ele fosse acusado de conduta antiética, mas a opinião pública ficaria contra ele, considerando as circunstâncias particulares.

– Então, é claro, se ele perceber que...

Rodney disse, impaciente:

– Ele não está de todo sensato no momento. Você não entende nada de amor, Joan?

Era uma pergunta ridícula! Ela disse com amargura:

– Não *desse* tipo de amor, felizmente...

Então Rodney a surpreendeu. Ele sorriu para ela e disse:

– Pobre Joan – e com todo carinho a beijou e deixou a sala, em silêncio.

"Ele fora gentil", pensou Joan, "em perceber como ela se sentia infeliz com toda aquela situação miserável."

Sim, havia sido realmente uma época angustiante. Averil calada, sem falar com ninguém, às vezes nem mesmo respondendo quando sua mãe falava com ela.

"Fiz o melhor que pude", pensou Joan. "Mas o que se poderia fazer com uma garota que nem sequer dá ouvidos?"

Com rosto pálido e cortesia cansada, Averil dizia:

– Por favor, mãe, precisamos continuar assim? Falando sem parar? Eu entendo seu ponto de vista, mas por que não aceitar a verdade simples de que nada que você possa dizer ou fazer mudará alguma coisa?

E assim continuou, até aquela tarde em setembro, quando Averil, mais pálida do que o normal, disse aos dois:

– Acho melhor contar-lhes. Rupert e eu achamos que não podemos continuar assim. Vamos embora juntos. Espero que sua esposa lhe dê o divórcio. Mas, se ela recusar, não fará nenhuma diferença.

Joan iniciou um protesto enérgico, mas Rodney a impediu.

– Deixe comigo, Joan, se você não se importar. Averil, preciso falar com você. Venha ao meu gabinete.

Averil disse com um sorriso quase imperceptível:
– Você lembra um diretor de escola, pai.

Joan irrompeu com uma exclamação:
– Eu sou a mãe de Averil, eu insisto...

– Por favor, Joan. Quero falar com Averil a sós. Você se importaria em nos deixar?

Havia uma autoridade tão serena no tom dele, que ela quase saiu da sala. O que a impediu foi a voz suave e clara de Averil.

– Não vá, mãe. Não quero que você vá. O que papai tiver de dizer, prefiro que diga na sua presença.

Bem, pelo menos isso mostrava, pensou Joan, que ser mãe tinha alguma importância.

Que modo estranho Averil e o pai tinham de olhar um para o outro, um modo cauteloso, hostil, avaliador, como dois antagonistas no palco.

Então Rodney deu um ligeiro sorriso e disse:
– Compreendo. É *medo*!

A resposta de Averil veio fria e um pouco surpresa.
– Não sei o que você quer dizer, pai.

Rodney disse, com súbita irrelevância:
– É uma pena que você não tenha nascido homem, Averil. Há momentos em que a semelhança entre você e seu tio-avô Henry é impressionante. Ele tinha uma compreensão excelente da melhor maneira de esconder os pontos fracos de seu próprio caso ou de expor os pontos fracos do caso de seu oponente.

Averil disse rapidamente:
– Não há pontos fracos em meu caso.

Rodney disse com cuidado:
– Provarei a você que há.

Joan exclamou bruscamente:
– É claro que você não fará nada tão mau ou tolo, Averil. Seu pai e eu não permitiremos.

Em resposta, Averil sorriu só um pouco e olhou não para a mãe, mas para o pai, oferecendo a ele, por assim dizer, a observação de Joan.

Rodney disse:

– Por favor, Joan, deixe-me cuidar disso.

– Eu acho – disse Averil – que mamãe tem todo o direito de dizer o que pensa.

– Obrigada, Averil – disse Joan. – Por certo direi. Querida filha, você tem de compreender que sua proposta está fora de questão. Você é jovem e romântica e vê tudo sob uma luz falsa. O que você fizer agora por impulso será motivo de arrependimento amargo no futuro. E pense na tristeza que você causará a seus pais. Você já pensou nisso? Tenho certeza de que você não quer nos causar sofrimento; nós sempre a amamos com tanto carinho.

Averil ouviu com paciência, mas não respondeu. Em momento algum desviou os olhos do rosto do pai.

Quando Joan terminou, Averil ainda olhava para Rodney e ainda havia um tênue sorriso sarcástico em seus lábios.

– Bem, pai – disse ela. – Você tem algo a acrescentar?

– Não a acrescentar – disse Rodney. – Mas tenho algo próprio a dizer.

Averil olhou para ele de modo inquisitivo.

– Averil – disse Rodney –, você entende exatamente o que é um casamento?

Os olhos de Averil se abriram um pouco. Ela fez uma pausa e então disse:

– Você está me dizendo que é um sacramento?

– Não – disse Rodney. – Posso considerá-lo um sacramento ou não. O que estou dizendo a *você* é que o casamento é um *contrato*.

– Oh – disse Averil.

Ela parecia um pouco, só um pouco, surpresa.

– O casamento – disse Rodney – é um contrato firmado por duas pessoas, ambas adultas, em posse total de suas faculdades mentais e com completo conhecimento do que estão empreendendo. É um contrato de parceria, e cada parceiro compromete-se, de sua parte, a honrar os termos deste contrato, isto é, permanecer ao lado do outro em certas eventualidades: na doença e na saúde, na riqueza e na pobreza, na alegria e na tristeza. Porque essas palavras são pronunciadas em uma igreja, com aprovação e bênção de um sacerdote, elas são um contrato legítimo, como qualquer acordo celebrado entre duas pessoas de boa-fé. Mesmo que algumas das obrigações que as partes se comprometeram a cumprir não sejam executáveis por lei, elas criam, não obstante, deveres para as pessoas que as assumiram. Acho que você concordará que, equitativamente, assim é.

Houve uma pausa, e então Averil disse:

– Isso pode ter sido verdade no passado. Mas o casamento é visto de maneira diferente hoje em dia, e um bom número de pessoas não é casado na igreja e não usa os votos de casamento tradicionais.

– Pode ser. Mas, dezoito anos atrás, Rupert Cargill fez esses votos em uma igreja, e desafio-lhe a afirmar que, naquele momento, ele não os tinha proferido de boa-fé e com intenção de cumpri-los.

Averil meneou os ombros.

Rodney disse:

– Você admitirá que Rupert Cargill tenha firmado tal contrato com a mulher que é sua esposa, embora ele não seja executável por lei? Ele anteviu, na época, as possibilidades de pobreza e de doença e especificou, em pessoa, que isso não afetaria a permanência do acordo.

Averil tornou-se muito pálida. Ela disse:

– Não sei aonde você quer chegar com tudo isso.

— Quero uma admissão sua de que o casamento, à parte toda consideração sentimental, é um contrato comum de negócios. Você admite ou não?

— Admito.

— E Rupert Cargill propõe romper esse contrato, com sua conivência?

— Sim.

— Sem considerar os direitos e privilégios devidos à outra parte?

— Ela ficará bem. Ela não ama Rupert tanto assim. Tudo em que pensa é na própria saúde e...

Rodney a interrompeu bruscamente.

— Não quero seus sentimentos, Averil. Quero que admita os *fatos*.

— Não sou sentimental.

— Você é. Você não conhece, em absoluto, os pensamentos e sentimentos da sra. Cargill. Criou os mais adequados para você. Tudo o que quero de você é a admissão de que ela tem *direitos*.

Averil jogou a cabeça para trás.

— Muito bem. Ela tem direitos.

— Então você compreende com clareza o que está fazendo?

— Você já terminou, pai?

— Não, tenho mais uma coisa a dizer. Você entende, não é, que o trabalho de Cargill é muito valioso e importante, que seus métodos no tratamento da tuberculose encontraram tanto sucesso que ele se tornou muito proeminente na área médica e que, infelizmente, as questões pessoais de um homem podem afetar sua carreira pública? Isso significa que o trabalho de Cargill e sua utilidade para a humanidade serão seriamente afetados, se não destruídos, pelo que vocês dois propõem-se a fazer.

Averil disse:

— Você está tentando me persuadir de que é meu dever desistir de Rupert para que ele possa continuar a beneficiar a humanidade?

Havia ligeiro sarcasmo na voz dela.

— Não — disse Rodney. — Estou pensando no pobre diabo...

Sua voz revelou uma emoção súbita e veemente:

— Acredite em mim, Averil, quando digo que um homem que não faz o trabalho que quer fazer, o trabalho que nasceu para fazer, é apenas meio homem. Garanto-lhe, com a mesma certeza que tenho de estar parado aqui, que, se você afastar Rupert Cargill do trabalho e impossibilitá-lo de continuar, chegará o dia em que você terá de ver o homem que ama infeliz, frustrado, envelhecido precocemente, cansado e desiludido, vivendo apenas meia vida. E se você acha que seu amor, ou o amor de qualquer mulher, pode compensá-lo, então lhe digo sem rodeios que você é uma maldita tolinha sentimental.

Ele parou, recostou-se na cadeira e passou a mão pelo cabelo.

Averil disse:

— Você me diz tudo isso. Mas como saberei... — Ela interrompeu-se e começou de novo. — Como saberei...

— Se é verdade? Posso dizer somente que acredito nisso e que *o aprendi por mim mesmo*. Dirijo-me a você, Averil, como homem, não apenas como pai.

— Sim — disse Averil. — Entendo...

Rodney disse, e sua voz então cansada soava abafada:

— É você, Averil, quem deve analisar o que eu disse, aceitá-lo ou rejeitá-lo. Creio que você tem coragem e discernimento.

Averil caminhou devagar até a porta. Ela parou com a mão na maçaneta e olhou para trás.

Joan foi tomada de surpresa pelo súbito caráter vingativo e amargo de sua voz quando ela falou:

– Não pense – disse ela – que um dia eu lhe serei grata, pai. Acho... acho que o odeio.

E ela saiu e fechou a porta atrás de si.

Joan fez menção de sair atrás dela, mas Rodney a parou com um gesto.

– Deixe-a sozinha – disse ele. – Deixe-a sozinha. Você não entende? Nós vencemos...

Capítulo 8

E aquilo, refletiu Joan, havia sido o fim de tudo.

Averil passou algum tempo muito calada, respondendo com monossílabos quando se dirigiam a ela e evitando falar sempre que possível. Ela ficou mais magra e pálida.

Um mês mais tarde, ela expressou o desejo de ir a Londres fazer um curso de secretariado.

Rodney consentiu imediatamente. Averil os deixou sem fingir tristeza ao partir.

Quando ela voltou para casa três meses depois, em visita, agiu com bastante normalidade e parecia, de acordo com ela mesma, estar levando uma vida bastante alegre em Londres.

Joan estava aliviada e expressou seu alívio a Rodney.

– A coisa toda foi muito exagerada. Não pensei por um só momento que fosse algo realmente sério, apenas uma daquelas paixões bobas de garota.

Rodney olhou para ela, sorriu e disse:

– Pobrezinha da Joan.

Essa frase dele sempre a incomodou.

– Bem, você tem de admitir que *foi* algo preocupante na época.

– Sim – disse ele –, certamente foi preocupante. Mas não era preocupação sua, não é, Joan?

– O que você quer dizer com isso? Qualquer coisa que afeta as crianças incomoda-me mais do que a elas.

– É mesmo? – disse Rodney. – Não sei...

"Era verdade", pensou Joan, "que havia agora certa frieza entre Averil e o pai." Eles sempre foram tão bons amigos. Agora parecia haver pouco entre eles, exceto cortesia formal. Por outro lado, Averil vinha sendo encantadora com a mãe, de sua maneira fria e descomprometida.

"Espero", pensou Joan, "que ela passe a me dar mais valor, agora que não vive mais em casa."

Ela certamente apreciava as visitas de Averil. O bom senso ponderado de Averil parecia facilitar as coisas em casa.

Barbara então estava crescida e causando dificuldades.

Joan se preocupava mais a cada dia com a escolha de amigos de sua filha mais nova. Ela parecia não ter discernimento algum. Havia várias boas garotas em Crayminster, mas Barbara, motivada pelo que parecia ser pura perversidade, não queria saber de nenhuma delas.

– Elas são tão terrivelmente *chatas*, mãe.

– Que bobagem, Barbara. Tenho certeza que tanto Mary quanto Alison são garotas encantadoras, muito divertidas.

– Elas são grandíssimas idiotas. Elas usam *fitas no cabelo*.

Joan a encarou perplexa.

– Por favor, Barbara, o que você está dizendo? Qual a importância disso?

– Importa, sim. É como um símbolo.

– Acho que você está falando uma bobagem, querida. Há a Pamela Grayling, a mãe dela era uma grande amiga minha. Por que você não sai com ela um pouco mais?

– Oh, mãe, ela é irremediavelmente enfadonha, nem um pouco divertida.

– Bem, eu acho que todas elas são garotas muito legais.

– Sim, legais e mortais. E o que importa o que *você* acha?

– Isso é muita grosseria, Barbara.

– Bem, quis dizer que não é você quem tem de conviver com elas. Então o que importa é o que *eu* penso. Eu gosto de Betty Earle e de Primrose Deane, mas você sempre faz cara feia quando as convido para o chá.

– Bem, francamente, querida, elas são um tanto desagradáveis. O pai de Betty trabalha com aqueles passeios horrorosos de jardineira e simplesmente não tem *classe* alguma.

– Mas ele tem um monte de dinheiro.

– Dinheiro não é tudo, Barbara.

– A questão toda é a seguinte, mãe: posso escolher minhas próprias amigas ou não?

– É claro que pode, Barbara, mas você tem de permitir que eu a oriente. Você ainda é muito jovem.

– Isso significa que não posso. É de dar náuseas a maneira como não me deixam fazer nada que eu queira! Esta casa é uma verdadeira prisão.

E foi bem então que Rodney entrou e disse:

– O que é uma prisão?

Barbara exclamou:

– Esta casa!

E, em vez de levar a sério, Rodney apenas riu e provocou:

– Pobrezinha da Barbara, tratada como uma escrava.

– Bem, eu sou.

– E está certo. Eu defendo a escravidão de filhas.

E Barbara o abraçou e disse ofegante:

– Querido papai, você é tão... tão... ridículo. Não consigo ficar zangada com você por muito tempo.

Joan começou a protestar indignada:

– Espero que não...

Mas Rodney estava rindo e, quando Barbara saiu da sala, ele disse:

– Não leve as coisas tão a sério, Joan. Garotinhas têm de teimar um pouco de vez em quando.

– Mas essas péssimas amigas dela...

– Uma fase momentânea de atração pelo diferente. Vai passar. Não se preocupe, Joan.

"Muito fácil", pensou Joan indignada, "dizer 'Não se preocupe'." O que aconteceria a todos eles se ela não se preocupasse? Rodney era condescendente demais e não tinha como compreender sentimentos de mãe.

No entanto, por mais exasperadoras que fossem as escolhas de amigas de Barbara, não eram nada comparadas à ansiedade provocada pelos homens de quem ela parecia gostar.

George Harmon e aquele jovem Wilmore, bastante reprovável, não apenas membro da firma rival (uma empresa responsável pelas questões legais mais dúbias da cidade), mas um jovem que bebia demais, falava alto demais e gostava demais das corridas de cavalos. Com o jovem Wilmore, Barbara havia desaparecido do salão da prefeitura na noite do baile natalino de caridade e reaparecera cinco danças mais tarde, lançando um olhar culpado, porém desafiador, na direção do lugar em que sua mãe estava sentada.

Eles haviam deixado o salão e ido para a rua, pelo que se sabe, para o telhado, uma coisa que apenas garotas fáceis faziam – assim Joan disse a ela, e isso a incomodou demais.

– Não seja tão puritana, mãe. É absurdo.

– Não sou nem um pouco puritana. E permita que eu lhe diga uma coisa, Barbara: muitas das ideias antigas sobre moças saírem supervisionadas por um adulto estão voltando. Garotas não saem mais sozinhas com rapazes como faziam há dez anos.

– Ora, mãe, quem acharia que dei uma escapada com Tom Wilmore?

— Não fale assim, Barbara. Eu não vou aceitar. E eu ouvi dizer que você foi vista no Dog & Duck com George Harmon.

— Só demos uma passada no pub.

— Bem, você é jovem demais para fazer uma coisa dessas. Eu não gosto da maneira que as garotas tomam bebidas fortes hoje em dia.

— Eu só estava tomando cerveja. Na realidade, nós estávamos jogando dardos.

— Bem, eu não gosto disso, Barbara. E tem outra: não vou aceitar mais isso. Não gosto de George Harmon ou Tom Wilmore e não vou recebê-los nesta casa, você está me entendendo?

— Está bem, mãe, é a sua casa.

— De qualquer maneira, não sei o que você vê neles.

Barbara deu de ombros.

— Eu não sei. Eles são divertidos.

— Bem, não quero que sejam convidados mais para vir aqui, você está me ouvindo?

Algum tempo depois, Joan se irritou quando Rodney trouxe o jovem Harmon para o jantar de domingo à noite. Ela achou que Rodney foi inconveniente. Joan comportou-se do modo mais frio, e o rapaz, em resposta, parecia envergonhado, apesar da maneira amigável de Rodney falar com ele e do esforço que fez para deixá-lo à vontade. George Harmon alternava-se em falar alto demais ou murmurar, jactar-se de algo e logo arrepender-se.

Mais tarde naquela noite, Joan repreendeu Rodney com algum rigor.

— Certamente você sabe que eu disse a Barbara que não o queria aqui, não é?

— Eu sabia, Joan, mas é um erro. Barbara tem muito pouco bom senso. Ela vê as pessoas como elas se apresentam. Não vê diferença entre o falso e o real. Ao conhecer pessoas em um ambiente estranho, ela se confunde. Por isso, tem de conhecer as pessoas no ambiente dela própria. Ela tem pensado no jovem Harmon como uma figura perigosa e audaz, e não como apenas um rapaz bobo e orgulhoso que bebe demais e nunca teve um dia de trabalho decente em toda sua vida.

– *Eu* poderia ter-lhe dito isso!

Rodney sorriu.

– Joan, querida, nada que você e eu digamos vai impressionar a geração mais jovem.

A verdade disso ficou clara para Joan quando Averil fez uma de suas breves visitas.

Desta vez era Tom Wilmore o convidado. Tom não foi páreo para o desprezo frio e crítico de Averil.

Mais tarde Joan ouviu um trecho da conversa entre as irmãs.

– Você não gosta dele, Averil?

E Averil, meneando ombros com desdém, respondeu duramente:

– Acho-o horroroso. O seu gosto para homens, Barbara, é péssimo.

Depois disso, Wilmore desapareceu de cena, e a fútil Barbara murmurou um dia:

– Tom Wilmore? Oh, mas ele é nojento. – Com a mais absoluta convicção.

Joan decidiu convidar amigos para jogar tênis e para festas, mas Barbara se recusou resolutamente a cooperar.

– Não faça caso, mãe. Você sempre quer convidar pessoas. Eu odeio convidados em casa, e você convida cada tipo horroroso!

Ofendida, Joan disse de maneira brusca que desistiria de tentar fazer com que Barbara se divertisse.

– Não faço a menor ideia do *que* você quer!

– Eu só quero ser deixada sozinha.

Barbara era uma garota muito difícil, Joan disse sem rodeios a Rodney. Ele concordou, com o cenho um pouco franzido.

– Se apenas ela dissesse o que quer – continuou Joan.

– Ela mesma não sabe. Ela é muito jovem, Joan.

– É por isso que ela precisa que outros decidam por ela.

– Não, minha querida, ela tem de descobrir o próprio caminho. Apenas deixe estar, deixe que ela traga os amigos que quiser, mas não *organize* as coisas. É isso que parece antagonizar os jovens.

"Tão típico dos homens", pensou Joan com alguma exasperação. "Sempre a favor de deixar as coisas como estão e ser vagos. Pobre e querido Rodney, ele sempre foi um tanto vago, pensando melhor agora." Era ela quem tinha de ser prática! E, no entanto, todos diziam que ele era um advogado tão astuto.

Joan se lembrou de uma noite em que Rodney leu em um jornal local o anúncio do casamento de George Harmon e Primrose Deane e comentou com um sorriso zombeteiro:

– Uma velha paixão sua, hum, Babs?

Barbara riu com considerável prazer.

– Eu sei. Eu era muito ligada a ele. Mas ele é pavoroso, não é? Quero dizer, de *verdade*.

– Sempre o achei um rapaz muito comum. Não sei o que você via nele.

– Nem eu, hoje em dia. – Barbara aos dezoito anos falava de um modo distante de suas loucuras aos dezessete. – Mas veja bem, papai, eu achava mesmo que o amava. Achei que mamãe tentaria nos separar e eu teria de fugir com ele e, se você ou mamãe nos impedisse, decidi que me mataria enfiando a cabeça no forno a gás.

– Um belo toque de Julieta!

Com um tom de desaprovação, Barbara disse:

– Era sério, papai. Afinal de contas, se você não consegue suportar algo, você tem de se matar.

E Joan, sem mais conseguir manter-se em silêncio, interrompeu bruscamente.

– Não diga essas maldades, Barbara. Você não sabe do que está falando!

– Esqueci que você estava aí, mãe. É claro, *você* nunca faria uma coisa dessas. *Você* continuaria calma e sensata, não importa o que acontecesse.

– Eu esperaria que sim, de fato.

Joan manteve a calma com alguma dificuldade. Ela disse a Rodney, assim que Barbara deixou a sala:

– Você não deveria encorajar a garota nessas bobagens.

– É melhor que ela desabafe.

– É claro, ela jamais faria nenhuma das coisas horríveis das quais fala.

Rodney ficou em silêncio, e Joan olhou para ele, surpresa.

– Certamente você não acha...

– Não, não de verdade. Não quando ela for mais velha, quando encontrar equilíbrio. Mas Barbara é muito instável emocionalmente, Joan, é melhor que admitamos.

– Isso é tão ridículo!

– Sim, para nós que temos senso de proporção. Não para ela. Ela encara tudo com extrema seriedade. Barbara não consegue ver além de sua disposição momentânea. Não tem distanciamento ou humor. E é sexualmente precoce.

– Ora, Rodney! Você faz as coisas parecerem com... com um daqueles casos terríveis de polícia.

– Lembre-se de que casos terríveis de polícia dizem respeito a seres humanos.

– Sim, mas garotas bem-educadas como Barbara não...

– Não o quê, Joan?

– Temos de falar assim?

Rodney suspirou.

– Não. Não, é claro que não. Mas eu gostaria, sim, gostaria que Barbara encontrasse um rapaz decente e se apaixonasse de maneira apropriada por ele.

E mais tarde surgiu o que parecia uma verdadeira resposta às suas preces, quando o jovem William Wray voltou para casa do Iraque para morar com sua tia, lady Herriot.

Joan o viu pela primeira vez mais ou menos uma semana após sua chegada. Ele foi conduzido até a sala de estar certa tarde, quando Barbara estava fora. Joan, surpresa, ergueu os olhos da escrivaninha e viu um jovem alto e robusto com um queixo pronunciado, um rosto muito rosado e um par de firmes olhos azuis.

Tornando-se ainda mais rosado ao corar, Bill Wray murmurou ao seu colarinho que era sobrinho de lady Herriot e que viera até ali para... hum... devolver a raquete da srta. Scudamore que ela havia... hum... esquecido no outro dia.

Joan aprumou-se e o cumprimentou de forma cortês.

Barbara era tão descuidada, disse ela. Esquecia coisas por toda parte. Ela estava fora no momento, mas era provável que logo estivesse de volta. O sr. Wray deveria ficar para o chá.

O sr. Wray estava bastante disposto, pelo visto, de maneira que Joan tocou o sinete para pedir o chá, e perguntou pela tia dele.

A saúde de lady Herriot ocupou uns cinco minutos, e então a conversa começou a morrer. O sr. Wray não foi de grande ajuda. Seu rosto continuava bastante corado, ele estava rígido em seu assento e tinha a aparência vaga de quem sofre alguma agonia interna. Felizmente o chá chegou e proporcionou alguma distração.

Joan ainda tagarelava com gentileza, mas com ligeiro esforço, quando Rodney, muito para seu alívio, retornou do escritório um pouco mais cedo do que costumava. Rodney foi de grande ajuda. Ele falou do Iraque, atraiu o garoto para a conversa com algumas perguntas simples, e de imediato um pouco da tensão angustiada de Bill Wray começou a diminuir. Logo ele estava falando quase que com fluidez. Em seguida, Rodney o levou para seu gabinete. Eram quase sete horas quando Bill, embora parecesse relutante, despediu-se deles.

– Bom rapaz – disse Rodney.

– Sim, é mesmo. Bastante tímido.

– Com certeza – Rodney parecia divertir-se. – Mas não creio que ele costume ser tão acanhado.

– É inacreditável o quanto se demorou!

– Mais de duas horas.

– Você deve estar muito cansado, Rodney.

– Oh, não. Foi interessante. Tem uma cabeça muito boa o garoto, e uma visão bastante singular das coisas. Inclinação filosófica. E tem caráter, além de cérebro. Sim, gostei dele.

– Ele deve ter gostado de você, para ficar falando tanto tempo assim.

O olhar divertido de Rodney retornou.

– Mas ele não ficou para falar comigo. Ele estava esperando pelo retorno de Barbara. Vamos, Joan, você não reconhece o amor quando o vê? O pobre rapaz estava duro de vergonha. É por isso que estava vermelho como uma beterraba. Ele deve ter feito um grande esforço para tomar coragem de vir até aqui e, quando conseguiu, nada de sua dama. Sim, um daqueles casos de amor à primeira vista.

Em seguida, quando Barbara entrou apressada em casa, a tempo para o jantar, Joan disse:

– Um dos seus rapazes esteve aqui, Barbara, o sobrinho de lady Herriot. Trouxe-lhe de volta a raquete.

– Bill Wray? Então ele a encontrou? Pensei que ela havia desaparecido por completo, na outra noite.

– Ele esteve aqui por algum tempo – disse Joan.

– Foi uma pena que eu não estivesse aqui. Fui ao cinema com as Crabbes. Um filme terrivelmente estúpido. Vocês se aborreceram muito com Bill?

– Não – disse Rodney. – Gostei dele. Falamos sobre política do Oriente Médio. Imagino que você teria se aborrecido.

– Gosto de ouvir sobre partes esquisitas do mundo. Eu adoraria viajar. Estou farta de nunca sair de Crayminster. De qualquer maneira, Bill é diferente.

– Você sempre pode aprender uma profissão – sugeriu Rodney.

– Uma profissão! – Barbara franziu o nariz. – Sabe, papai, sou uma diabinha preguiçosa. Não gosto de trabalhar.

– Creio que a maioria das pessoas também não – disse Rodney.

Barbara correu até ele e o abraçou.

– Você trabalha demais. É o que sempre achei. É uma vergonha!

Então, soltando seu abraço, ela disse:

– Vou ligar para Bill. Ele disse algo a respeito de ir ao hipódromo, em Marsden, para ver as corridas com obstáculos...

Rodney a seguiu com o olhar enquanto ela se dirigia ao telefone nos fundos da sala. Era um olhar esquisito, questionador, incerto.

Ele gostou de Bill Wray, sim, sem dúvida ele gostou de Bill desde o começo. Por que, então, Rodney pareceu tão preocupado, tão incomodado, quando Barbara irrompeu em casa anunciando que ela e Bill estavam noivos e que tinham a intenção de casar em breve, para que ela pudesse voltar a Bagdá com ele?

Bill era jovem, bem relacionado, com seu próprio dinheiro e boas perspectivas. Por que, então, Rodney objetou e sugeriu um noivado mais longo? Por que ele andava pela casa franzindo o cenho, parecendo em dúvida e perplexo?

E por que, um pouco antes do casamento, aquele ataque repentino, aquela insistência de que Barbara era jovem demais?

Bem, Barbara logo resolveu a objeção e, seis meses depois de ela ter se casado com seu Bill e partido para Bagdá, Averil, por sua vez, anunciou seu noivado com um corretor de valores, um homem chamado Edward Harrison-Wilmott.

Ele era um homem tranquilo, aprazível, de uns 34 anos e muito rico.

"Então", pensou Joan, "tudo parecia estar se saindo de modo esplêndido." Rodney guardava silêncio a respeito do noivado de Averil, mas, quando ela o pressionou, ele disse:

– Sim, sim, é a melhor coisa que poderia acontecer. Ele é um bom sujeito.

Após o casamento de Averil, Joan e Rodney ficaram sós em casa.

Tony, após ser reprovado nos exames finais da faculdade de agronomia e ter-lhes causado bastante ansiedade, finalmente partiu para a África do Sul, onde um cliente de Rodney tinha uma grande fazenda produtora de laranjas, na Rodésia.

Tony escrevia-lhes cartas entusiasmadas, embora não muito longas. Até que escreveu para anunciar seu noivado com uma garota de Durban. Joan ficou bastante decepcionada com a ideia de seu filho casar-se com uma garota que eles nunca viram. Ela também não tinha dinheiro e, afinal de contas, como Joan disse a Rodney, o que eles sabiam a respeito dela? Nada mesmo.

Rodney disse que o problema era de Tony, e que eles deveriam esperar pelo melhor. "Ela parecia uma boa garota", ele pensou, "a partir das fotografias que Tony havia mandado, e parecia disposta a começar uma vida modesta com Tony na Rodésia."

– Acho que eles passarão a vida inteira lá e raramente virão nos visitar. Tony deveria ter sido forçado a ingressar na firma, como eu queria então!

Rodney sorriu e disse que não era muito bom em forçar pessoas a fazer coisas.

– Não, mas falando sério, Rodney, você deveria ter *insistido*. Ele logo sossegaria. As pessoas são assim.

Sim, Rodney disse, era verdade. Mas ele achava que seria um risco grande demais.

– Risco? – Joan disse que não compreendia. O que ele queria dizer com "risco"?

Rodney disse que se referia ao risco de o garoto não ser feliz.

Joan disse que, às vezes, ela perdia a paciência com toda essa conversa de felicidade. Ninguém parecia pensar em outra coisa. A felicidade não era a única preocupação na vida. Havia outras coisas muito mais importantes.

– Tais como? – perguntou Rodney.

– Bem – disse Joan após um momento de hesitação –, o dever, por exemplo.

Rodney disse que tinha certeza de que tornar-se advogado não era um dever.

Um pouco irritada, Joan respondeu que ele sabia muito bem o que ela queria dizer. Era dever de Tony agradar o pai e não desapontá-lo.

– Tony não me desapontou.

Mas, por certo, exclamou Joan, Rodney não gostava de ter seu único filho vivendo no outro lado do mundo, onde eles jamais poderiam vê-lo.

– Não – disse Rodney com um suspiro. – Devo admitir que sinto muita falta de Tony. Ele era um garoto tão alegre e feliz de se ter em casa. Sim, sinto falta dele...

– É o que digo. Você deveria ter sido firme!

– Afinal de contas, Joan, é a vida de Tony. Não a nossa. A nossa já está resolvida, por bem ou por mal, quero dizer, a parte ativa dela.

– Sim... bem... imagino que seja assim, de certa forma.

Ela pensou por um minuto e disse:

– Bem, foi uma vida muito boa. E continua sendo, é claro.

– Fico feliz com isso.

Ele estava sorrindo para ela. Rodney tinha um belo sorriso, um sorriso provocador. Às vezes, ele parecia estar rindo de algo que ela não compreendia.

– A verdade é – disse Joan – que você e eu combinamos muito bem.

– Sim, não tivemos muitas brigas.

– E tivemos sorte com nossos filhos. Teria sido terrível se eles houvessem crescido com problemas, ou fossem infelizes, ou algo do gênero.

– Que engraçado, Joan – disse Rodney.

– Rodney, isso *teria* nos incomodado muito.

– Não acho que nada a incomodaria por muito tempo, Joan.

– Bem – ela considerou o argumento. – É claro que tenho um temperamento muito sereno. Sabe, acho que é um dever não se deixar levar pela emoção.

– Um sentimento admirável e conveniente.

– É ótimo, não é – disse Joan sorrindo –, sentir que se teve sucesso na vida?

– Sim – Rodney suspirou. – Sim, deve ser ótimo.

Joan riu e, colocando sua mão sobre o braço dele, deu-lhe uma sacudidela.

– Não seja modesto, Rodney. Nenhum advogado por aqui tem uma clientela maior do que a sua. Ela é muito maior hoje em dia do que na época do tio Henry.

– Sim, a firma está indo bem.

– E há mais capital entrando, com o novo sócio. Você se importa de ter um novo sócio?

Rodney balançou a cabeça.

– Não, precisamos de sangue novo. Tanto eu quanto Alderman estamos ficando velhos.

Sim, ela pensou, era verdade. Havia bastantes fios grisalhos no cabelo escuro de Rodney.

Joan levantou-se e consultou seu relógio.

A manhã estava passando com bastante rapidez, e haviam cessado aqueles pensamentos perturbadores e caóticos que pareciam forçar-se em sua mente de maneira tão inoportuna.

Bem, isso mostrava, não é, que "disciplina" era o lema necessário para organizar os pensamentos e relembrar apenas as memórias que fossem agradáveis e adequadas. Fora o que ela fizera naquele dia, e veja como a manhã passara depressa. Dali a uma hora e meia o almoço seria servido. Talvez fosse melhor que ela saísse para um breve passeio, mantendo-se próxima da pousada. Seria uma pequena mudança, antes de entrar para comer mais uma daquelas refeições apimentadas e pesadas.

Joan foi até o quarto, colocou seu chapéu de feltro espesso e saiu.

O garoto árabe estava ajoelhado no chão, seu rosto voltado para Meca. Ele se inclinava para frente, então se endireitava, pronunciando as palavras de um cântico nasal e agudo.

O hindu, aparecendo de surpresa um pouco atrás de Joan, informou:

– Ele fazendo a prece do meio-dia.

Joan anuiu. Ela achava a informação desnecessária. Ela podia ver muito bem o que o garoto estava fazendo.

– Ele diz "Alá muito compassivo, Alá muito misericordioso".

– Eu sei – disse Joan, e se afastou, caminhando devagar na direção da aglomeração de arame farpado que cercava a estação ferroviária.

Ela se lembrou de ter visto seis ou sete árabes tentando empurrar um Ford caindo aos pedaços que havia ficado preso na areia, todos puxando e empurrando em direções opostas, e como seu genro William havia-lhe explicado que, além desses esforços bem-intencionados, mas fadados ao fracasso, eles estavam dizendo esperançosamente "Alá é muito misericordioso".

Alá, ela pensou, precisava existir, já que nada a não ser um milagre tiraria o carro dali, se eles todos continuassem a empurrar em direções opostas.

O curioso é que todos pareciam bastante felizes e divertindo-se. *Inshallah*, eles diziam, se Deus quiser, e por isso não aplicavam nenhuma iniciativa inteligente à satisfação dos seus desejos. Não era um modo de vida que agradasse Joan. Deve-se refletir e fazer planos para o amanhã. Mas talvez, quando se vivia no meio do nada, como em Tell Abu Hamid, isso não fosse tão necessário.

"Quem vivesse aqui por tempo suficiente", refletiu Joan, "esqueceria até mesmo o dia da semana..."

E ela pensou: "Deixe-me ver, hoje é quinta-feira... sim, quinta-feira, cheguei aqui na segunda-feira à noite".

Ela chegou então ao emaranhado de arame farpado e viu, um pouco adiante, um homem com um rifle, trajando algum tipo de uniforme. Ele estava encostado em uma caixa grande, e ela supôs que ele estivesse guardando a estação ou a fronteira.

Ele parecia estar dormindo, e Joan achou melhor não avançar mais, pois ele poderia acordar e atirar nela. Era o tipo de coisa, ela achou, que não seria impossível em Tell Abu Hamid.

Joan voltou sobre seus passos, fazendo um ligeiro desvio de maneira a circundar a pousada. Desse modo ela prolongaria seu tempo e não correria o risco daquele estranho sentimento de agorafobia (se fosse agorafobia).

"Certamente", ela pensou, satisfeita, "a manhã decorreu muito bem." Joan havia enumerado os motivos que tinha para ser grata. O casamento de Averil com o querido Edward, um homem tão sólido, digno de confiança e tão rico também; a casa de Averil em Londres era bastante aprazível e bem pertinho da Harrods. E o casamento de Barbara. E o de Tony, embora este não tenha sido tão satisfatório. Na realidade, eles não sabiam nada a respeito dele, e o próprio Tony não era tudo que um filho deveria ser. Tony deveria ter permanecido em Crayminster e entrado para a banca Alderman, Scudamore & Witney. Deveria ter-se casado com uma boa moça inglesa, que gostasse da vida no campo, e seguido os passos do pai.

Pobre Rodney, com seu cabelo escuro ficando grisalho, e nenhum filho para suceder-lhe no escritório.

A verdade era que Rodney teve um pulso fraco demais com Tony. Ele deveria ter sido mais firme. Firmeza, foi isso que faltou. "Ora", pensou Joan, "onde estaria Rodney, eu gostaria de saber, se *eu* não houvesse sido firme com ele?" Ela sentiu um ligeiro rubor de satisfação própria. Decerto atolado em dívidas e tentando pagar a hipoteca, como o fazendeiro Hoddesdon. Joan se perguntou se Rodney tinha verdadeira gratidão pelo que ela fizera por ele.

Joan olhou para a linha trêmula do horizonte à sua frente. Tinha uma estranha aparência líquida. "É claro", ela pensou, "uma miragem!"

Sim, era isso, uma miragem... Idêntica a poças d'água na areia. Bastante diferente do que se pensava ser uma miragem, Joan sempre imaginou árvores e cidades, algo muito mais concreto.

Mas mesmo esse insignificante efeito líquido era esquisito, fazia com que se duvidasse do que era real.

"Miragem", ela pensou. "Miragem." A palavra parecia importante.

Sobre o que ela estava pensando? Oh, é claro, sobre Tony, e como ele havia sido incrivelmente egoísta e irracional.

Sempre foi muito difícil dialogar com Tony. Ele era tão vago, parecia tão aquiescente e, no entanto, do seu jeito tranquilo, amável e sorridente, ele fazia exatamente o que queria. Tony nunca lhe foi tão devotado quanto ela achava que um filho deveria ser. Na verdade, ele parecia gostar mais do pai.

Ela se lembrava de como Tony, um garoto pequeno de sete anos, no meio da noite, entrou no quarto onde Rodney dormia e anunciou de modo calmo e prático:

– Pai, acho que comi um cogumelo venenoso em vez de um cogumelo bom, porque sinto muita dor e acho que vou morrer. Por isso, vim até aqui para morrer com você.

Na verdade, o evento não teve nada a ver com cogumelos, venenosos ou não. Foi uma apendicite aguda e o garoto fora operado em menos de 24 horas. Mas Joan ainda achava estranho que ele houvesse procurado Rodney e não ela. Seria muito mais natural que Tony houvesse procurado pela mãe.

Sim, Tony foi difícil de muitas maneiras. Preguiçoso na escola, desinteressado nos esportes. E, apesar de ter sido um garoto muito bonito e o tipo de garoto que ela tinha orgulho de levar a toda parte, parecia nunca querer ir a lugar algum, e tinha o hábito irritante de se fundir à paisagem sempre que ela o procurava.

"Camuflagem protetora", como Averil havia chamado, lembrou-se Joan. "Tony usa sua camuflagem muito melhor do que nós", ela havia dito.

Joan não havia compreendido bem o que ela dissera, mas sentira-se vagamente magoada com a observação...

Joan olhou para seu relógio. Não havia necessidade de caminhar demais sob o sol. De volta à pousada agora. Fora uma manhã excelente, sem incidentes de tipo algum, nada de pensamentos desagradáveis, nenhuma sensação de agorafobia...

Ora veja, alguma voz interior nela exclamou: "Você está falando como uma enfermeira de hospital! O que você pensa que é, Joan Scudamore? Uma inválida? Uma doente mental? E por que você se sente tão orgulhosa de si mesma e, no entanto, tão cansada? O que há de extraordinário em ter passado uma manhã normal e agradável?"

Ela entrou apressada na pousada e ficou deliciada em ver que havia peras enlatadas para o almoço, para variar.

Depois do almoço, Joan deitou-se na cama.

Se ela pudesse dormir até a hora do chá...

Mas ela não sentia sequer vontade de dormir. Seu cérebro parecia estar bem ativo e acordado. Joan ficou ali deitada, de olhos fechados, mas seu corpo parecia alerta e tenso, como se estivesse esperando por alguma coisa... como se estivesse de vigília, pronto para se defender contra algum perigo iminente. Todos os seus músculos estavam retesados.

"Devo relaxar", pensou Joan, "tenho de relaxar."

Mas ela não conseguia relaxar. Seu corpo estava tenso e de prontidão. Seu coração batia um pouco mais rápido que o normal. Sua mente estava alerta e desconfiada.

Toda a situação a fazia lembrar alguma coisa. Joan fez um esforço e, por fim, a comparação certa lhe ocorreu: a sala de espera de um dentista.

O sentimento de algo definitivamente desagradável logo adiante, a determinação de tranquilizar-se, deixar de pensar naquilo, e o conhecimento de que cada minuto aproximava cada vez mais o suplício...

Mas qual provação, o que ela estava esperando?

O que aconteceria?

"Os lagartos", ela pensou, "voltaram todos para as tocas... porque há uma tempestade vindo... a calmaria antes da tempestade... esperando... esperando."

Meu Deus, ela estava ficando incoerente de novo.

A srta. Gilbey... disciplina... um retiro espiritual...

Um retiro! Ela tinha de meditar. Havia algo a respeito de repetir Om... Teosofia? Ou budismo...

Não, não, atenha-se à sua própria religião. Medite a respeito de Deus. Sobre o amor de Deus. *Deus...* Pai nosso, que estais no Céu...

O pai dela, e sua barba castanha aparada em estilo naval, seus olhos azuis profundos e penetrantes, seu gosto por tudo organizado e limpo em casa. Um militar simpático era seu pai, um típico almirante reformado. E sua mãe, alta, magra, vaga, desarrumada, com uma generosidade descuidada que fazia com que as pessoas, mesmo quando ela as irritava, encontrassem toda sorte de desculpas para ela.

Sua mãe indo a festas, vestindo luvas de pares diferentes, uma saia torta e um chapéu inclinado para o lado sobre um coque de cabelo acinzentado, com uma inconsciência alegre e serena de qualquer coisa estranha em sua aparência. E a ira do almirante, sempre direcionada às suas filhas, nunca à esposa.

– Garotas, por que vocês não cuidam de sua mãe? Como podem deixá-la sair assim? *Não* tolero esse relaxamento! – ele trovejava.

E as três garotas, submissas, diziam:

– Está bem, papai. – E depois, umas às outras: – Está certo, mas mamãe é impossível!

Joan gostava muito da mãe, é claro, mas seu carinho não a cegou para o fato de que a mãe era uma mulher muito cansativa, com sua absoluta falta de organização e coerência, mal compensada por sua alegre irresponsabilidade e seus impulsos generosos.

Joan sofreu um choque enquanto colocava em ordem as cartas da sua mãe após a morte dela, ao encontrar uma carta do seu pai, escrita no vigésimo aniversário do casamento deles.

> Lamento profundamente não poder estar com você hoje, meu coração. Gostaria de contar-lhe nesta carta tudo o que seu amor significou para mim durante todos estes anos, e como você me é ainda mais querida hoje do que foi antes. Seu amor tem sido a bênção suprema de minha vida, e agradeço a Deus por ela e por você...

De algum modo, Joan nunca percebeu que seu pai sentia-se assim a respeito de sua mãe.

"Rodney e eu vamos fazer 25 anos de casados em dezembro. Nossas bodas de prata. Que encantador seria se ele me escrevesse uma carta assim...", ela pensou.

Joan elaborou uma carta em sua mente:

Caríssima Joan,
Sinto que devo expressar por escrito tudo que devo a você e o que você significa para mim. Estou certo de que você não faz ideia de como seu amor tem sido a bênção suprema...

"De alguma maneira", pensou Joan, interrompendo o exercício imaginativo, "isso não parecia muito real." Impossível imaginar Rodney escrevendo uma carta desta natureza... por mais que ele a amasse... por mais que ele a amasse...

Por que repeti-lo como um desafio? Por que sentir um calafrio tão estranho? No que ela estava pensando antes?

É claro! Joan voltou a si mesma com um choque. Ela deveria estar entregue à meditação espiritual. Em vez disso, ela estivera pensando em questões mundanas, em seu pai e sua mãe, mortos há tanto tempo.

Mortos, deixaram-na sozinha.

Sozinha no deserto. Sozinha naquele quarto bastante desagradável que lembrava uma cela.

Com nada para pensar a não ser nela mesma.

Joan deu um salto. Não fazia sentido ficar deitada ali sem conseguir dormir.

Ela odiava esses quartos altos com suas janelas pequenas cobertas com gaze. Eles a enclausuravam. Faziam com que se sentisse pequena, como um inseto. Ela queria um quarto grande e arejado, com cretones bacanas e alegres, um fogo crepitante na lareira e pessoas, muitas pessoas, a quem ela poderia visitar e que viriam visitá-la.

O trem *tinha* de vir logo, ele tinha de vir logo. Ou um carro, ou *algo*...

– Não posso ficar aqui – disse Joan alto. – Não posso ficar aqui!

("Falar sozinha", ela pensou, "é mau sinal.")

Ela bebeu um pouco de chá e então saiu. Não conseguia mais continuar quieta, pensando.

Pensar era o que a estava incomodando. "Veja as pessoas que vivem neste lugar – o hindu, o garoto árabe, o cozinheiro." Ela tinha bastante certeza de que nunca pensavam.

Às vezes eu sento e penso, e às vezes eu só sento...

Quem havia dito isso? Que modo de viver admirável!

Ela não pensaria, apenas caminharia. Não para muito longe da pousada, porque temia que... bem, apenas temia.

Descreva um grande círculo. Dê voltas e mais voltas. Como um animal. Humilhante. Sim, humilhante, mas aí estava. Ela tinha de tomar muito, muito cuidado consigo mesma. Do contrário...

Do contrário, o quê? Ela não sabia. Não fazia a menor ideia.

Ela não deveria pensar em Rodney, ela não deveria pensar em Averil, ela não deveria pensar em Tony, ela não deveria pensar em Barbara. Ela não deveria pensar em Blanche Haggard. Ela não deveria pensar em botões de rododendro escarlate. (Acima de tudo, ela não deveria pensar em botões de rododendro escarlate!) Ela não deveria pensar em poesia...

Ela não deveria pensar em Joan Scudamore. "Mas esta sou eu mesma!" Não, não é. "Sim, sou..."

Se você não tivesse nada em que pensar a não ser em si mesma, o que você descobriria a respeito de si mesma?

– Não quero saber – disse Joan em voz alta.

O som da própria voz a espantou. O que ela não queria saber?

"Uma batalha", ela pensou, "estou lutando uma batalha perdida."

Mas contra quem? Contra o quê?

"Não importa", ela pensou. "Não quero saber..."

Concentre-se nisso. É uma boa frase.

Estranha a sensação de que alguém caminhava com ela. Alguém que ela conhecia bastante bem. Se ela voltasse a cabeça... bem, ela voltara a cabeça, mas não havia ninguém. Ninguém mesmo.

Entretanto, a sensação de que havia alguém persistia. E a assustava. Rodney, Averil, Tony, Barbara, nenhum deles a ajudaria, nenhum deles poderia ajudá-la, nenhum deles queria ajudá-la. Nenhum deles se importava.

Ela voltaria à pousada para fugir de quem quer que a estivesse espionando.

O hindu estava parado do lado de fora do portão de arame. Joan estava cambaleando um pouco ao caminhar. Irritou-lhe o modo como ele a encarou.

– O que é? – disse ela. – Qual o problema?

– *Memsahib* parece mal. Talvez *memsahib* tem febre?

Era isso. É claro que era isso. Ela estava com febre! Que estupidez não haver pensado nisso antes.

Joan apressou-se em entrar. Ela tinha de medir sua temperatura, achar seu quinino. Ela tinha um pouco de quinino, em algum lugar.

Joan apanhou seu termômetro e o colocou debaixo da língua.

Febre, claro que era febre! A incoerência, os medos sem motivo, a apreensão, o coração que batia acelerado.

Puramente física, a coisa toda.

Ela tirou o termômetro e olhou para ele.

Marcava 36,6. Se havia algo errado, era a temperatura um pouco abaixo do normal.

Ela conseguiu passar a noite de alguma maneira. Joan estava agora alarmada consigo mesma. Não era o sol, não era febre, deviam ser nervos.

"São apenas os nervos", as pessoas diziam. Ela mesma o havia dito de outras pessoas. Bem, Joan não sabia nada, então. Agora sabia. Apenas nervos, uma ova! Sofrer dos nervos era um inferno! O que ela precisava era de um médico gentil e compreensivo, de uma clínica e de uma enfermeira eficiente e bondosa que nunca deixaria o quarto. "A sra. Scudamore não deve ser deixada sozinha." O que ela tinha era uma prisão caiada no meio do deserto, um hindu meio burro, um garoto árabe completamente imbecil e um cozinheiro que mandaria de imediato uma refeição de arroz, salmão enlatado, feijão cozido e ovos duros.

"Está tudo errado", pensou Joan, "o tratamento completamente errado para o meu caso..."

Após o jantar, ela foi até o quarto e inspecionou seu frasco de aspirinas. Restavam seis pílulas. Sem cuidado, Joan tomou todas. Ficaria sem nada para amanhã, mas achava que tinha de tentar algo. "Nunca mais", ela pensou, "viajarei sem trazer uns bons remédios para dormir."

Joan tirou a roupa e deitou-se, apreensiva.

Estranhamente, ela adormeceu quase de imediato.

Naquela noite Joan sonhou que andava pelos corredores sinuosos de uma grande prisão. Ela tentava escapar, mas não conseguia encontrar a saída. No entanto, durante o tempo todo, ela teve certeza de que conhecia o caminho.

"Você tem apenas de se lembrar", ela repetia com ardor para si mesma, "você tem apenas de se lembrar."

De manhã ela acordou sentindo-se bastante tranquila, embora cansada.

– Você tem apenas de se lembrar – disse ela para si mesma.

Joan se levantou, vestiu-se e tomou o café da manhã.

Ela se sentia bastante bem, apenas um pouco apreensiva.

"Suponho que em breve tudo começará outra vez", ela pensou. "Bem, não há nada que eu possa fazer."

Joan sentou-se letárgica em uma cadeira. Dali a pouco ela sairia, mas não ainda.

Ela não tentaria pensar em algo específico. E não tentaria não pensar. As duas atividades eram cansativas demais. Ela se deixaria levar, e mais nada.

O escritório da banca Alderman, Scudamore & Witney, as caixas de documentos legais com rótulos brancos: Espólio de sir Jasper Ffoulkes, falecido. Coronel Etchingham Williams. Como adereços de palco.

Peter Sherston sentado à sua mesa, erguendo seus olhos espertos e ansiosos. Como ele era parecido com a mãe! Não, nem tanto, ele tinha os olhos de Charles Sherston. Aquele olhar rápido, matreiro, indireto. "Eu não confiaria muito nele se fosse Rodney", ela pensara.

Engraçado que Joan houvesse pensado nisso!

Após a morte de Leslie Sherston, Charles fez-se em pedaços. Bebera até morrer em tempo recorde. As crianças foram acolhidas por parentes. A terceira delas, uma menina, morreu seis meses após o nascimento.

John, o filho mais velho, gostava de matas e florestas. Estava agora em algum lugar em Burma. Joan se lembrou de Leslie e de seus estofados estampados à mão. Se John fosse como a mãe, e tivesse o mesmo desejo de ver coisas que cresciam rápido, estaria muito feliz agora. Ela ouvira dizer que ele estava se saindo muito bem.

Peter Sherston procurara Rodney e expressara seu desejo de trabalhar no escritório:

– Minha mãe disse estar certa de que o senhor me ajudaria.

Um rapaz atraente e franco, sorridente e impaciente, sempre querendo agradar – o mais atraente, Joan sempre achara, entre os dois.

Rodney ficou contente em empregar o garoto. Tê-lo na firma talvez compensasse um pouco o fato de que seu próprio filho havia preferido partir para o exterior e afastar-se da família.

Com o tempo, talvez, Rodney pudesse considerar Peter quase um filho. Ele passava muito tempo na casa deles e era sempre encantador com Joan. Peter tinha modos cativantes e espontâneos, não era tão adulador quanto o pai.

Então, certo dia, Rodney voltou para casa parecendo preocupado e doente. Em resposta às perguntas dela, disse com impaciência que não era nada, nada mesmo. Mas, uma semana mais tarde, ele mencionou que Peter deixaria o escritório, havia decidido trabalhar para uma fábrica de aviões.

– Oh, Rodney, e você tem sido tão bom para ele. E nós dois gostamos tanto dele!

– Sim, um rapaz cativante.

– Qual foi o problema? Ele era preguiçoso?

– Não, tem boa cabeça para números e tudo mais.

– Como o pai dele?

– Sim, como o pai dele. Mas todos os rapazes de hoje são atraídos para as novas descobertas, aviação, esse tipo de coisa.

Mas Joan não estava escutando. Suas próprias palavras haviam sugerido para ela uma determinada linha de pensamento. Peter Sherston havia partido muito de repente.

– Rodney, não ocorreu nada de *errado*, não é?

– Errado? O que você quer dizer com isso?

– Quero dizer... bem, como o pai dele. Sua boca é como a de Leslie, mas ele tem aquele olhar engraçado, dissimulado, que o pai dele sempre teve. Rodney, é verdade, não é? Ele *fez* algo?

Rodney respondeu lentamente:

– Houve apenas um pequeno problema.

– Com as contas? Ele tomou dinheiro?

– Prefiro não falar disso, Joan. Não foi nada importante.

– Desonesto como o pai! A hereditariedade não é esquisita?

– Muito esquisita. Parece funcionar do jeito errado.

– Você quer dizer que ele poderia se parecer com Leslie? Mesmo assim, ela não era uma pessoa de particular eficiência, não é?

Rodney disse com voz ríspida:

– Em minha opinião, ela era muito eficiente. Leslie dedicou-se ao seu trabalho e o fez bem.

– Pobre coitada.

Rodney, irritado, disse:

– Não quero que tenha pena dela. Isso me incomoda.

– Mas, Rodney, que falta de compaixão! Ela teve uma vida triste demais.

– Nunca pensei dessa maneira.

– E a morte dela, então...

– Prefiro que você não fale sobre isso – e deu as costas.

"Todos", pensou Joan, "tinham medo de câncer." Evitavam a palavra. Diziam, se possível, outra coisa:

nódulo maligno, cirurgia complicada, mal incurável, algo interno. Nem mesmo Rodney queria mencioná-la. Porque, afinal de contas, nunca se sabia. Uma pessoa em cada doze, não é, morria de câncer? E a doença com frequência parecia atacar as pessoas mais saudáveis. Pessoas que nunca tiveram nenhum outro problema.

Joan lembrou-se do dia em que a sra. Lambert lhe dera a notícia, na praça do mercado.

– Querida, você soube? Pobre sra. Sherston.

– O que houve com ela?

– Morta! – com entusiasmo. E então em voz baixa. – Creio que foi algo interno... Impossível de se operar... Ouvi dizer que ela sofreu dores terríveis. Mas foi muito corajosa. Continuou trabalhando até umas poucas semanas antes do fim, quando *tiveram* de mantê-la sob morfina. A esposa do meu sobrinho a viu há apenas seis semanas. Ela parecia terrivelmente doente e estava magra como um palito, mas era a mesma Leslie de sempre, rindo e brincando. Imagino que as pessoas não consigam acreditar que nunca vão melhorar. Ela teve uma vida triste, pobre mulher. Atrevo-me a dizer que foi um fim misericordioso...

Joan correu para casa para contar a Rodney, e Rodney, calmo, disse que sim, ele já sabia. Ele era o executor do testamento dela, disse ele, e portanto haviam-lhe comunicado imediatamente.

Leslie Sherston não teve muito para deixar. O que havia deveria ser dividido entre seus filhos. A cláusula que deixou Crayminster em polvorosa foi a instrução para que seu corpo fosse enterrado na cidade. "Porque", dizia o testamento, "fui muito feliz lá."

Então Leslie Sherston foi sepultada no cemitério da igreja de St. Mary, em Crayminster.

Um pedido peculiar, algumas pessoas pensaram, considerando que foi em Crayminster que seu marido havia sido condenado por apropriação fraudulenta de fundos bancários. Mas outras pessoas disseram que foi uma escolha bastante natural. Ela tivera uma vida feliz lá antes de todos os problemas, e era normal que ela se lembrasse da cidade como uma espécie de Jardim do Éden perdido.

Pobre Leslie, toda uma família trágica, pois o jovem Peter, após o treinamento de piloto de testes, sofreu um acidente e morreu.

Rodney ficou terrivelmente abalado. De um modo estranho, ele parecia se culpar pela morte de Peter.

– Rodney, não sei de onde você tirou isso. O acidente não teve nada a ver com você.

– Leslie o mandou até mim, ela disse a Peter que eu lhe daria um emprego e cuidaria dele.

– Bem, foi o que você fez. Você o colocou no escritório.

– Eu sei.

– E ele agiu errado, e você não o processou ou qualquer coisa... Você mesmo cobriu o déficit, não é?

– Sim, sim, não é isso. Você não compreende que foi por esta *razão* que Leslie o mandou para mim, porque ela sabia que ele era fraco, que ele tinha o mau caráter de Sherston? John era um bom rapaz. Ela confiou que eu cuidasse de Peter, o protegesse de sua fraqueza. Ele era uma mistura peculiar. Tinha a desonestidade de Charles Sherston e a coragem de Leslie. Recebi uma carta de Armandales dizendo que ele foi o melhor piloto que já tiveram, não temia nada e era um mago, foi assim que o descreveram, com aviões. Sabe, o garoto foi voluntário para testar um novo equipamento secreto. Sabia-se que era perigoso. Foi assim que ele morreu.

– Bem, eu acho isso muito meritório, realmente muito meritório.

Rodney deu uma risada curta e seca.

– Sim, Joan. Mas você falaria com tanta complacência, caso seu próprio filho morresse dessa forma? Ficaria contente de que Tony tivesse uma morte meritória?

Joan o encarou.

– Mas Peter não era nosso filho. É inteiramente diferente.

– Estou pensando em Leslie... em como ela teria se sentido...

Sentada em uma cadeira na pousada, Joan moveu-se um pouco.

Por que os Sherston foram constantes nos pensamentos dela desde que chegara ali? Ela tinha outros amigos, amigos que significavam muito mais para ela do que qualquer um dos Sherston já significara.

Ela nunca gostou muito de Leslie, apenas sentia pena dela. Pobre Leslie debaixo da lousa de mármore.

Joan teve um calafrio. "Estou com frio", ela pensou. "Estou com frio. Alguém está caminhando sobre meu túmulo."

Mas ela pensava no túmulo de Leslie Sherston.

"Está frio aqui", ela pensou, "frio e lúgubre. Vou sair para a luz do sol. Não quero mais ficar aqui."

O cemitério da igreja e o túmulo de Leslie Sherston. E o pesado botão escarlate de rododendro que caiu do casaco de Rodney.

O vento esfolha maio inda em botão...

Capítulo 9

Joan saiu quase correndo para a luz do sol.

Ela começou a caminhar depressa, mal olhando para o monte de latas e as galinhas.

Assim era melhor. O calor dos raios de sol.

Calor, não mais frio.

Ela havia se afastado de tudo...

Mas o que ela queria dizer com "havia se afastado de tudo"?

A ira da srta. Gilbey pareceu surgir bem ao lado dela, dizendo em tons impressionantes:

– Discipline seus pensamentos, Joan. Seja mais precisa em seus termos. Decida com exatidão do que você está fugindo.

Mas ela não sabia. Ela não fazia a menor ideia.

Algum medo, algum pavor que a ameaçava e perseguia.

Algo que sempre esteve ali esperando, e tudo o que ela podia fazer era esquivar-se, debater-se.

"Realmente, Joan Scudamore", ela disse para si, "você está se comportando de maneira muito peculiar..."

Mas somente dizer isso não ajudava. Tinha de haver algo de muito ruim com ela. Não poderia ser exatamente agorafobia (será que ela tinha acertado o nome, ou não? A dúvida a angustiava), porque desta vez Joan estava ansiosa em escapar das paredes frias que a confinavam, sair delas para o espaço aberto e a luz do sol. Ela se sentia melhor agora que estava ali fora.

"Saia! Saia para a luz do sol! Fuja desses pensamentos."

Ela estivera ali por tempo suficiente. Naquele quarto de teto alto que parecia um mausoléu.

O túmulo de Leslie Sherston, e Rodney...
Leslie... Rodney...
A rua...
A luz do sol...
Tão frio... neste quarto...
Frio e solitário...
Ela aumentou o seu passo. Fuja daquela pousada que mais parece um mausoléu horroroso. Tão sombria, tão confinada...

O tipo de lugar onde se poderia facilmente imaginar fantasmas.

Que ideia estúpida, era um prédio quase novo, construído há apenas dois anos.

Não poderia haver fantasmas em um prédio novo, todo mundo sabia disso.

Não, se havia fantasmas na pousada, então ela, Joan Scudamore, devia tê-los trazido consigo.

Agora este era um pensamento *muito* desagradável...

Ela aumentou o passo.

"De qualquer maneira", ela pensou com determinação, "não há ninguém comigo agora. Estou absolutamente sozinha. Não há nem uma pessoa que eu pudesse encontrar."

Como... quem era mesmo... Stanley e Livingstone? Se encontrando na África selvagem.

Dr. Livingstone, eu presumo.

Nada que lembrasse aquilo ali. Havia apenas uma pessoa que ela poderia encontrar ali e esta era Joan Scudamore.

Que ideia engraçada! "*Apresento-lhe Joan Scudamore.*" "*Prazer em conhecê-la, sra. Scudamore.*"

Realmente, uma ideia bastante interessante...
Conhecer a si mesma.
Conhecer a si mesma...
Oh, Deus, ela estava assustada...

Ela estava terrivelmente assustada...

Seus passos, cada vez mais rápidos, converteram-se em uma corrida. Joan continuou correndo e tropeçando um pouco. Seus pensamentos tropeçavam como seus pés.

Estou assustada...

"Deus, estou tão assustada..."

"Se apenas houvesse alguém aqui. Alguém para estar comigo..."

"Blanche", ela pensou. "Eu gostaria que Blanche estivesse aqui."

Sim, Blanche era a pessoa certa para Joan.

Ninguém próximo e querido dela. Nenhum dos seus amigos.

Apenas Blanche...

Blanche, com sua bondade generosa e sem afetação. Blanche era gentil. Não era possível surpreender ou chocar Blanche.

E, de qualquer maneira, Blanche simpatizava com ela. Blanche achava que ela era bem-sucedida. Blanche gostava dela.

Ninguém mais gostava...

Era isso, era aquele o pensamento que sempre a acompanhou, era isso que a verdadeira Joan Scudamore sabia e sempre soube...

Lagartos saindo das tocas...

Verdades...

Pedacinhos de verdades, aparecendo de repente como lagartos, dizendo: "Aqui estou eu. Você me conhece. Você me conhece bastante bem. Não finja que não".

E ela os conhecia, essa era a parte horrível.

Ela reconhecia cada um deles.

Sorrindo para ela, rindo dela.

Todos os pequenos fragmentos de verdades. Eles vinham se mostrando a ela desde que chegara ali. Tudo que ela precisava fazer era encaixá-los.

Toda a história de sua vida, a história real de Joan Scudamore...

Esteve aqui esperando por ela...

Ela nunca teve de pensar nessa história. Sempre foi bastante fácil preencher sua vida com trivialidades que a deixavam sem tempo para autoconhecimento.

O que Blanche havia dito?

Se você não tivesse nada em que pensar a não ser em si mesma por dias a fio, o que será que você descobriria a respeito de si mesma?

E que resposta superior, presunçosa e estúpida ela dera:

– Será que se descobriria algo que não se soubesse antes?

Às vezes, mãe, acho que você não sabe de nada a respeito de ninguém...

Esse havia sido Tony.

Como ele estivera certo!

Ela não sabia de nada a respeito de seus filhos, nada sobre Rodney. Ela os amou, mas não os conheceu.

Ela deveria tê-los conhecido.

Se você amasse as pessoas, deveria conhecê-las.

Você não as conhecia porque era muito mais fácil acreditar nas coisas agradáveis e simples que você gostaria que fossem verdades, e não se incomodar com as coisas que eram mesmo verdadeiras.

Como Averil... Averil e a dor que ela sofreu.

Ela não quis reconhecer que Averil havia sofrido...

Averil, que sempre a desprezou...

Averil, que via a verdadeira face de Joan desde uma idade muito tenra...

Averil, que foi derrotada e magoada pela vida e que, mesmo agora, talvez ainda fosse uma criatura mutilada.

Mas uma criatura com coragem...
Era o que faltava a Joan. Coragem.
"Coragem não é tudo", ela havia dito.
E Rodney disse: "Não é?".
Rodney estava certo...
Tony, Averil, Rodney – todos eles seus acusadores.
E Barbara?

O que estivera errado com Barbara? Por que o médico havia sido tão reticente? O que todos estavam escondendo dela?

O que a garota fizera – aquela garota apaixonada e indisciplinada, que se casou com o primeiro pretendente que surgiu, para poder sair de casa?

Sim, era bem verdade, foi exatamente o que Barbara fez. Ela foi infeliz em casa. E ela foi infeliz porque Joan não fez o menor esforço para construir-lhe um lar feliz.

Ela não teve amor por Barbara, nenhum tipo de compreensão. Tola e egoísta, ela havia determinado o que era bom para Barbara, sem a menor consideração pelos gostos e desejos dela. Ela não teve nenhuma simpatia pelos amigos de Barbara, os desencorajara com discrição. Não era de causar espanto que a ideia de viver em Bagdá parecesse a Barbara uma possibilidade de fuga.

Ela casou-se com Bill Wray apressada e impulsivamente, e sem (assim afirmou Rodney) amá-lo. Então o que aconteceu?

Um caso amoroso? Um caso amoroso infeliz? Aquele major Reid, provavelmente. Sim, isso explicaria o constrangimento quando Joan mencionou seu nome. "Bem o tipo de homem", ela pensou, "que fascinaria uma garota boba que não havia ainda crescido direito."

E então Barbara, sem esperança, em um daqueles paroxismos violentos de desespero aos quais era propensa desde a infância, um daqueles cataclismos durante os quais perdia todo o senso de realidade, tentou, sim, devia ser isso, tirar a própria vida.

E ela esteve doente, muito doente – perigosamente doente.

Joan perguntou-se se Rodney sabia. Porque ele tentou com afinco dissuadi-la de partir com tanta pressa para Bagdá.

Não, com certeza Rodney não tinha como saber. Ele teria contado a ela. Bem, não, talvez ele não tivesse contado a ela. Mas fez o possível para detê-la.

Mas Joan estava determinada. Ela disse que se sentia incapaz de tolerar a ideia de não ajudar sua pobre filha.

Por certo *aquele* fora um impulso meritório.

Mas não era também essa somente uma parte da verdade?

Ela não foi atraída pela viagem, pela novidade, por ver uma parte nova do mundo? Ela não gostou de fazer o papel de mãe devotada? Ela não se viu como uma mulher encantadora e impulsiva sendo bem recebida por sua filha doente e seu genro distraído? Que bondade sua, eles diriam, vir correndo assim.

Ora, é claro que eles não ficaram nem um pouco contentes em vê-la! A reação deles, para ser franca, fora de desalento. Eles haviam avisado o médico, fechado suas bocas, feito tudo que fosse imaginável para evitar que ela soubesse a verdade. Eles não queriam que ela soubesse porque não confiavam nela. Barbara não confiava nela. "Não deixe que mamãe saiba", talvez tenha sido sua única ideia.

Como eles ficaram aliviados quando ela anunciou que tinha de voltar! Eles esconderam muito bem o alívio, protestando com gentileza, sugerindo que ela ficasse por mais tempo. Mas, no único momento em que ela pensou de fato em ficar, William foi rápido em desencorajá-la.

Na realidade, o único bem possível que sua ida apressada ao oriente trouxe foi unir Barbara e William, de modo um tanto curioso, em um esforço conjunto para se livrar dela e manter segredo. Seria estranho se, apesar de tudo, algum benefício pudesse vir de sua visita. Muitas vezes, lembrou Joan, Barbara, ainda fraca, olhara suplicante para William que, em resposta, começava a falar, explicar algum detalhe duvidoso ou desviava uma pergunta sem tato de Joan.

E Barbara olhara para ele com gratidão e afeto.

Eles estiveram parados na plataforma, acompanhando a partida dela. E Joan se lembrou de como William segurou a mão de Barbara, e Barbara se inclinou um pouco na direção dele.

"Coragem, querida", era o que ele queria dizer. "Está quase terminado, ela está indo..."

E, após o trem haver partido, eles voltariam ao seu bangalô em Alwyah e brincariam com Mopsy – pois ambos amavam Mopsy, aquele bebê adorável que era uma caricatura tão ridícula de William –, e Barbara diria: "Graças a Deus, ela se foi e temos a casa só para nós".

Pobre William, que amava tanto Barbara e que devia ter sido tão infeliz, mas que nunca vacilou em seu amor e carinho.

– Não se preocupe com ela! – Blanche havia dito. – Ela ficará bem. Há a criança e tudo mais.

Querida Blanche, aplacando uma ansiedade que nunca existiu.

Tudo que Joan tinha em mente era uma piedade desdenhosa e arrogante por sua velha amiga.

Agradeço ao Senhor por não ser como esta mulher.

Sim, ela tivera a ousadia de rezar...

E, agora mesmo, ela daria qualquer coisa para ter Blanche com ela!

Blanche, com sua caridade generosa e despretensiosa – sua absoluta aceitação de qualquer criatura viva.

Ela havia rezado naquela noite, na pousada, envolvida em um manto espúrio de superioridade.

Será que ela conseguiria rezar agora, quando parecia não ter ao menos um trapo para se cobrir?

Joan tropeçou e caiu de joelhos.

Deus, ela rezou, *me ajude...*

Estou ficando louca, Deus...

Não me deixe enlouquecer...

Não me deixe seguir pensando...

Silêncio...

Silêncio e luz do sol...

E a batida do seu próprio coração...

Deus, ela pensou, *me abandonou...*

Deus não vai me ajudar...

Estou sozinha, completamente sozinha...

Esse silêncio terrível... essa solidão aterradora...

Pobre Joan Scudamore... boba, fútil, pobre Joan Scudamore...

Completamente sozinha no deserto.

Cristo, ela pensou, *ficou sozinho no deserto.*

Por quarenta dias e quarenta noites...

Não, não, ninguém poderia fazer isto, ninguém poderia suportá-lo...

O silêncio, o sol, a solidão...

O medo tomou conta dela outra vez, o medo dos vastos espaços vazios onde o homem está sozinho a não ser por Deus...

Ela levantou-se com dificuldade.

Joan tinha de voltar à pousada... voltar à pousada.

O hindu... o garoto árabe... as galinhas... as latas vazias...

Humanidade.

Ela olhou à sua volta em desvario. Não havia sinal da pousada, nenhum sinal do montinho de pedras que era a estação, nenhum sinal, nem mesmo das colinas distantes.

Joan devia ter se afastado mais do que nunca antes, para tão longe que em todas as direções não havia um só ponto de referência discernível na paisagem.

Ela nem sequer sabia, horror dos horrores, para que lado ficava a pousada...

As colinas. Decerto aquelas colinas distantes não poderiam desaparecer, mas por todo o horizonte em volta havia nuvens baixas... Colinas? Nuvens? Não se podia saber.

Ela estava perdida, completamente perdida...

Não se ela fosse para norte, isso mesmo, norte.

O sol...

O sol estava a pino, acima de sua cabeça... não havia como se orientar a partir do sol...

Joan estava perdida, perdida, ela nunca encontraria o caminho de volta...

De súbito, ela começou a correr freneticamente.

Primeiro em uma direção, e então, em pânico repentino, em outra. Ela corria de um lado para outro, frenética e desesperada.

E Joan começou a gritar e berrar, chamando...

– *Socorro...*

– *Socorro...*

("Eles nunca me ouvirão", ela pensou... "Estou muito distante.")

O deserto capturou-lhe a voz e a reduziu a um balido estridente. "Como uma ovelha", ela pensou, "como uma ovelha..."

Ele encontra suas ovelhas...

O Senhor é meu pastor...

Rodney, pastos verdes e o vale da avenida principal...

– *Rodney* – ela chamou –, *socorro, socorro...*

Mas Rodney estava indo embora pela plataforma, seus ombros aprumados, a cabeça jogada para trás... Deleitando-se com perspectiva de algumas semanas de liberdade... Sentindo-se, naquele momento, jovem de novo...

Ele não conseguia ouvi-la.

Averil... Averil – será que Averil não a ajudaria?

Sou sua mãe, Averil, sempre fiz tudo por você...

Não, Averil sairia da sala em silêncio, dizendo talvez:

– Não há nada que eu possa fazer...

"Tony. Tony me ajudaria."

Não, Tony não poderia ajudá-la. Ele estava na África do Sul.

Longe demais...

Barbara – Barbara estava doente demais... Barbara sofrera uma intoxicação alimentar.

"Leslie", ela pensou. "Leslie me ajudaria se pudesse. Mas Leslie está morta. Ela sofreu e morreu..."

Não havia saída, não havia ninguém...

Ela começou a correr de novo, em desespero, sem ideia ou direção, apenas correu...

O suor escorria em seu rosto e descia pelo pescoço, por todo seu corpo...

Ela pensou: "*Este é o fim...*"

"*Cristo*", ela pensou... "*Cristo...*"

Cristo viria até ela no deserto...

Cristo mostraria a ela o caminho do vale verdejante.

Cristo a conduziria junto de suas ovelhas...

As ovelhas perdidas...

O pecador que se arrependera...

Pelo vale das sombras...

(Sem sombras, apenas sol...)

Guia-me, luz suave. (Mas o sol não era suave...)

As verdes pastagens, as verdes pastagens. Ela tinha de encontrar as verdes pastagens...

Que se encontravam com a rua principal, lá no centro de Crayminster.

Que se encontravam com o deserto.

Quarenta dias e quarenta noites.

Haviam se passado apenas três dias, portanto Cristo ainda estaria lá.

Cristo, ela rezou, *socorro...*

Cristo...

O que era aquilo?

Lá adiante, à direita, aquela mancha ínfima no horizonte!

Era a *pousada*... ela não estava perdida... ela estava salva...

Salva...

Seus joelhos cederam, e ela desabou no chão.

Capítulo 10

Joan recuperou a consciência lentamente...
Ela se sentia muito mal e enjoada...
E fraca, fraca como uma criança.

Mas estava salva. A pousada estava ali. Assim que se sentisse um pouco melhor, poderia levantar-se e caminhar até lá.

Por enquanto, ela apenas ficaria onde estava e pensaria sobre as coisas. Pensaria direito, sem mais fingimento.

Deus, afinal de contas, não a havia abandonado...

Joan não tinha mais aquela consciência terrível de estar sozinha...

"Mas tenho de pensar", disse ela para si mesma. "Tenho de pensar. Tenho de colocar as coisas nos seus devidos lugares. É por isso que estou aqui – para colocar as coisas nos seus devidos lugares..."

Ela tinha de saber, de uma vez por todas e com exatidão, que tipo de mulher era Joan Scudamore...

É por isso que ela tinha vindo até ali, ao deserto. Aquela luz clara e terrível mostraria a Joan quem era ela. Mostraria a ela a verdade de todas as coisas que ela não quis encarar – as coisas que, realmente, *ela sempre teve conhecimento*.

Ela teve uma pista no dia anterior. Talvez fosse melhor começar por aí. Pois foi então que aquele primeiro sentimento de pânico cego tomou conta dela, não é?

Ela estava recitando poesia – foi assim que tudo começou.

De você estive ausente na primavera...

Este era o verso – e ele a fez pensar em Rodney, e Joan disse:

– Mas é novembro agora...

Bem como Rodney havia dito aquela noite:

– Mas estamos em outubro...

A tarde do dia em que ele estivera em Asheldown com Leslie Sherston, ambos sentados em silêncio, com um metro de espaço entre eles. Ela pensara que aquilo era pouco amigável, não pensara?

Mas Joan sabia agora, e soube mesmo então, por que eles estavam tão distantes.

Porque não ousavam aproximar-se mais, era isso...

Rodney e Leslie Sherston... Não Myrna Randolph, nunca Myrna Randolph. Ela encorajou de propósito o mito de Myrna Randolph em sua própria mente, por saber que não havia nada entre os dois. Ela usou Myrna Randolph como uma cortina de fumaça para esconder a verdade que estava diante dela.

E em parte – "seja honesta agora, Joan" –, em parte porque era mais fácil para ela aceitar Myrna Randolph do que Leslie Sherston.

Feriria menos seu orgulho admitir que Rodney estivesse atraído por Myrna Randolph, que era bela e o tipo de sereia que se poderia supor que atrairia qualquer homem que não fosse dotado de poderes sobre-humanos de resistência.

Mas Leslie Sherston? Leslie não era ao menos bonita, não era jovem, não era bem torneada. Leslie com seu rosto cansado e seu estranho sorriso unilateral. Admitir que Rodney pudesse amar Leslie, pudesse amá-la com tanta paixão, que não ousasse chegar muito perto dela por medo de perder o controle era o que ela odiava reconhecer.

Aquela ânsia desesperada, aquele desejo insatisfeito e doloroso, aquela força de paixão que ela mesma nunca conheceu...

Existia entre eles, naquele dia em Asheldown, e Joan a sentiu. Foi por tê-la sentido que se afastou tão depressa e tão envergonhada, sem admitir para si mesma, por um único instante, o que havia visto.

Rodney e Leslie, sentados ali em silêncio, sem nem olhar um para o outro porque não tinham coragem de fazê-lo.

Leslie amando Rodney com tanto fervor que quis repousar, quando morresse, na cidade em que ele vivia...

Rodney olhando para a lousa de mármore e dizendo:

– Parece uma maldita tolice imaginar que Leslie Sherston esteja embaixo de um bloco frio de mármore como esse.

E o botão de rododendro caindo, uma mancha escarlate.

– Sangue do coração – ele disse. – Sangue do coração.

E, mais tarde, como ele disse:

– Estou cansado, Joan. Estou cansado. – E depois, tão estranhamente: – Nem todos podemos ser tão bravos...

Ele estava pensando em Leslie quando disse aquilo. Em Leslie e sua coragem.

Coragem não é tudo...

Não é?

E a crise nervosa de Rodney – foi a morte de Leslie a causa dela.

Descansando tranquilamente em Cornwall, ouvindo as gaivotas, sem interesse na vida, sorrindo sossegado...

A voz desdenhosa de garoto de Tony:

– Você não sabe *nada* sobre o pai?

Ela não sabia. Ela não sabia nada! Porque esteve determinada a não saber.

Leslie olhando pela janela, explicando porque teria o filho de Sherston.

Rodney, dizendo enquanto também olhava pela janela:

– Leslie não faz as coisas pela metade...

O que viram os dois enquanto estavam ali? Será que Leslie viu as macieiras e as anêmonas em seu jardim? Será que Rodney viu a quadra de tênis e o tanque de peixinhos dourados? Ou será que os dois viram o campo sorridente e pálido, e o bosque que cobria a colina distante que se avistava do cume de Asheldown?

Pobre Rodney, pobre e cansado Rodney...

Rodney com seu sorriso querido e provocador, Rodney dizendo "pobrezinha da Joan"... sempre querido, sempre afetuoso, nunca a abandonando.

Bem, ela foi uma boa esposa para ele, não foi?

Joan sempre colocou os interesses de Rodney em primeiro lugar...

Espere. Será que ela fez isso mesmo?

Rodney, seus olhos suplicando para ela... olhos tristes. Sempre olhos tristes.

Rodney dizendo:

– Como poderia saber que odiaria tanto o escritório? – E olhando para ela gravemente e perguntando: – Como você sabe que eu serei feliz?

Rodney suplicando pela vida que ele queria, a vida de um fazendeiro.

Rodney parado junto à janela do seu escritório, observando o gado no dia do mercado.

Rodney falando com Leslie Sherston sobre gado leiteiro.

Rodney dizendo para Averil:

– Se um homem não fizer o trabalho que ele quer fazer, ele é apenas um meio homem.

Foi isso que ela, Joan, fez com Rodney...

Ansiosamente, febrilmente, ela tentou se defender contra o julgamento da sua nova compreensão.

Ela teve as melhores intenções! Devia-se ser prática! Havia as crianças a considerar. Ela não fez nada por motivos egoístas.

Mas o clamor de protesto morreu.

Será que ela foi egoísta?

Não teria sido ela que não quis viver em uma fazenda? Ela quis que seus filhos tivessem o melhor, mas o que *era* o melhor? Será que Rodney não tinha tanto direito quanto ela de decidir o que seus filhos deveriam ter?

Não seria dele a prioridade? Não era o pai quem deveria escolher a vida que seus filhos viveriam, e a mãe quem deveria cuidar do bem-estar de todos e ser fiel ao modo de vida do marido?

Rodney havia dito que a vida na fazenda seria boa para as crianças...

Tony certamente teria gostado.

Rodney cuidou para que não fosse negada a Tony a vida que queria.

– Não sou muito bom – disse Rodney – em forçar as pessoas a fazerem coisas.

Mas ela, Joan, não teve escrúpulos em forçar Rodney...

Sentindo uma pontada súbita e torturante, Joan pensou: "Mas eu amo Rodney. Eu amo Rodney. Não foi porque eu não o amava..."

E isso, ela entendeu com uma repentina visão, era exatamente o que tornava sua atitude imperdoável.

Ela amava Rodney e, no entanto, havia feito isso com ele.

Se Joan o odiasse, poderia ser perdoada.

Se houvesse sido indiferente a ele, não importaria tanto.

Mas ela o amava, e, mesmo assim, amando-o, ela tirou dele seu direito de nascença, o direito de escolher como levar sua vida.

E por causa disso, porque ela tinha usado, sem escrúpulos, suas armas de mulher – o bebê no berço, o filho que trazia dentro de seu corpo, ela tirou algo de

Rodney que ele nunca mais recuperaria. Ela tirou dele uma parte de sua masculinidade.

Porque, por bondade, ele não lutou contra ela e a conquistou, acabou por se tornar, pelo resto da vida, um homem menor...

"Rodney... Rodney...", ela pensou.

"E não posso devolver isso a ele... Não tenho como compensá-lo... Não posso fazer *nada*..."

"Mas eu amo ele... eu amo ele..."

"E eu amo Averil e Tony e Barbara..."

"Eu sempre os amei..."

(Mas não o suficiente – esta foi a resposta –, não o suficiente...)

"Rodney, Rodney, existe *algo* que eu possa fazer? Algo que eu possa dizer?", ela pensou.

De você estive ausente na primavera...

Sim, ela pensou, por muito tempo... desde a primavera... a primavera em que se haviam amado pela primeira vez...

Eu fiquei onde estava. Blanche estava certa. Sou a garota que deixou St. Anne. Vida fácil, preguiça mental, satisfação própria, medo de qualquer coisa que cause dor...

Sem *coragem*...

"O que posso fazer?", ela pensou. "O que posso fazer?"

E ela pensou, "posso ir até ele. Posso dizer: 'Desculpe-me. Eu não sabia. Simplesmente não sabia...'."

Joan se levantou. Suas pernas pareciam fracas e um tanto bobas.

Ela caminhou lenta e dolorosamente – como uma velha.

Caminhando, caminhando, um pé, então o outro...

"Rodney", ela pensou, "Rodney..."

Como ela se sentia mal... como ela estava fraca...

Era um longo caminho, longo mesmo...

O hindu veio correndo da pousada para encontrá-la, seu rosto emoldurado em sorrisos. Ele acenou, gesticulou:

– Boa notícia, *memsahib*, boa notícia!

Ela o encarou.

– Está vendo? O trem chegou! O trem está na estação. *Memsahib* parte com o trem hoje à noite.

O trem? O trem para levá-la até Rodney.

("Perdoe-me, Rodney... perdoe-me...")

Ela ouviu a si mesma rindo, uma risada louca e antinatural... O hindu a encarou, e Joan se recompôs.

– O trem chegou – disse ela – bem a tempo...

Capítulo 11

"É como um sonho", pensou Joan. "Sim, é como um sonho."

Vinha caminhando através dos emaranhados de arame farpado, o garoto árabe carregando suas malas e tagarelando estridente em turco com um homenzarrão gordo de aparência suspeita, que era o chefe turco da estação.

E ali, esperando por ela, o familiar vagão-leito com o homem da Wagon Lits* em seu uniforme chocolate, inclinando-se para fora de uma janela.

Alep-Stamboul, lia-se na lateral do vagão.

O elo que unia aquele lugar de descanso no deserto com a civilização!

O cumprimento educado em francês, sua cabine aberta, a cama já feita com lençóis e travesseiro.

Civilização outra vez...

Por fora, Joan era novamente a viajante tranquila e eficiente, a mesma sra. Scudamore que deixara Bagdá havia menos de uma semana. Apenas Joan sabia da mudança incrível, quase assustadora, que ocorrera por trás da fachada.

O trem, como ela havia dito, chegou no momento certo. O momento justo em que aquelas últimas barreiras que ela mesma erigira com tanto cuidado haviam sido varridas pela maré crescente de medo e solidão.

Ela teve, assim como outros, em dias passados, uma Visão. Uma visão de *si mesma*. E, embora ela pudesse agora parecer uma viajante inglesa comum, atenta aos

---

* Empresa internacional de serviços de viagem e hotelaria, conhecida principalmente por seus vagões-leitos e vagões-restaurantes. (N.T.)

menores detalhes da viagem, seu coração e sua mente estavam presos naquele instante de humildade e reprovação própria que lhe ocorrera lá fora no silêncio, sob a luz do sol.

Ela respondeu quase mecanicamente aos comentários e perguntas do hindu.

– Por que *memsahib* não voltou para o almoço? Almoço estava pronto. Muito bom almoço. São quase cinco horas agora. Muito tarde para almoço. Um chá?

Sim, ela disse, ela queria um chá.

– Mas aonde *memsahib* foi? Olhei para fora e não vi *memsahib* em lugar nenhum. Não sabia para que lado *memsahib* tinha ido.

Ela caminhara bem para longe, ela disse. Mais longe que o de costume.

– Não é seguro. Não é seguro mesmo. *Memsahib* pode se perder. Não saber para que lado ir. Talvez seguir para a direção errada.

Sim, ela disse, ela perdera seu caminho por um tempo, mas felizmente ela tinha caminhado na direção certa. Ela tomaria chá agora, e então descansaria. Que horas o trem partiria?

– Trem sai oito e trinta. Às vezes espera comboio chegar. Mas nenhum comboio hoje. Leitos dos rios muito ruins, cheios de água, corrente forte, vuuuuu!

Joan anuiu.

– *Memsahib* parece muito cansada. Talvez *memsahib* tem febre?

Não, disse Joan, ela não tinha febre – agora.

– *Memsahib* parece diferente.

Bem, ela pensou, *memsahib* estava diferente. Talvez a diferença aparecesse no rosto. Ela foi até o quarto e se olhou no espelho sujo de moscas.

Havia alguma diferença? Ela parecia, definitivamente, mais velha. Havia círculos em torno de seus olhos. Seu rosto estava suado e manchado da areia amarela.

Ela lavou o rosto, penteou o cabelo, aplicou pó de arroz e batom e se olhou de novo.

Sim, definitivamente havia uma diferença. Algo tinha abandonado o rosto que a encarava de maneira tão sincera. Algo... poderia ser presunção?

Que criatura terrivelmente presunçosa ela fora. Ela ainda sentia o asco extremo que ela sentira naquele lugar, o desprezo por si mesma, a nova humildade de espírito.

"Rodney", ela pensou, "Rodney..."

Apenas o seu nome, repetido suavemente nos seus pensamentos...

Ela se apegou ao sentimento como símbolo de seu propósito. Dizer tudo a ele, poupar-se de nada. Era só o que importava para Joan. Eles fariam juntos, até onde fosse possível a esta altura, uma nova vida. Ela diria: "Sou uma idiota e um fracasso. Ensine-me, com sua sabedoria, com sua generosidade, como viver".

Além disso, perdão. Pois Rodney tinha muito a perdoar. E a coisa maravilhosa a respeito de Rodney, Joan agora entendia, era que ele nunca a odiou. Não causava espanto que Rodney fosse tão amado, que seus filhos o adorassem (mesmo Averil por detrás de seu antagonismo nunca deixou de amá-lo), que os criados fizessem qualquer coisa para agradá-lo, que ele tivesse amigos em todo lugar. Rodney nunca foi grosseiro com ninguém em sua vida...

Joan suspirou. Estava muito cansada, e seu corpo doía em toda parte.

Ela bebeu seu chá e então deitou na cama até que fosse hora de jantar e depois embarcar no trem.

Ela não sentia agitação agora, nem medo ou ânsia por uma ocupação ou distração. Não havia mais lagartos para sair de tocas e assustá-la. Ela havia se encontrado e se reconhecido.

Agora Joan apenas queria descansar, deitar-se, com a cabeça tranquila e vazia, mas sempre com a imagem indistinta do rosto querido e moreno de Rodney...

***

E agora ela estava no trem, tinha ouvido o relato loquaz do condutor sobre o acidente na linha, havia apresentado a ele seu passaporte e suas passagens e recebera dele a garantia de que mandaria um telegrama a Istambul para reservas novas no Simplon Orient Express. Joan também confiou a ele um telegrama a ser enviado de Alepo para Rodney. *Viagem atrasou tudo bem amor Joan.*

Rodney o receberia antes de o cronograma original dela expirar.

Com isso, tudo estava acertado e ela não tinha mais nada a fazer ou em que pensar. Ela poderia relaxar como uma criança cansada.

Cinco dias de paz e descanso enquanto o Taurus & Orient Express corria para oeste, trazendo-a cada dia mais para perto de Rodney e do perdão.

Eles chegaram a Alepo nas primeiras horas da manhã seguinte. Até então Joan havia sido a única passageira, já que as comunicações com o Iraque estavam interrompidas, mas agora o trem estava lotado. Houve atrasos, cancelamentos, confusões nas reservas dos carros-leitos. Ouviam-se conversas roucas e exaltadas, protestos, discussões, brigas, tudo ocorrendo em diversas línguas.

Joan estava viajando na primeira classe, e no Taurus Express os vagões-leitos da primeira classe eram os antigos duplos.

A porta abriu-se deslizando, e uma mulher alta entrou, vestida de preto. Atrás dela o condutor inclinava-se para fora da janela, onde carregadores estendiam-lhe malas. A cabine parecia cheia de malas – malas caras, marcadas com pequenas coroas.

A mulher alta falou com o carregador em francês, dizendo a ele onde colocar as coisas. Ao terminar, ele se retirou. A mulher voltou-se e sorriu para Joan, um sorriso cosmopolita e experiente.

– A senhora é inglesa – disse ela.

Ela falava com sotaque quase imperceptível. Tinha um rosto longo, pálido, delicado e expressivo e olhos cinza-claro muito estranhos. "Ela tem em torno de 45 anos", pensou Joan.

– Peço desculpas por esta intrusão tão cedo de manhã. Trata-se de um horário iniquamente bárbaro para um trem partir, e estou interrompendo seu repouso. Também estes vagões são muito antiquados, nos novos as cabines são para uma pessoa só. Mas, mesmo assim – ela sorriu e era um sorriso muito doce, quase infantil –, não incomodaremos muito uma à outra. São apenas dois dias até Istambul, e não sou uma pessoa muito difícil de conviver. E se eu fumar demais, é só me dizer. Mas agora vou deixá-la dormir. Irei ao vagão-restaurante que estão engatando neste momento – ela balançou ligeiramente quando um solavanco indicou a verdade de suas palavras –, esperar pelo café da manhã. Mais uma vez, desculpe-me por tê-la incomodado.

– Oh, está tudo bem – disse Joan. – Esperam-se essas coisas quando se viaja.

– Vejo que você é compreensiva... bom... vamos nos dar muito bem.

Ela saiu e, assim que fechou a porta atrás de si, Joan a ouviu sendo cumprimentada por amigos na plataforma com gritos de "Sasha, Sasha" e uma conversa fluente irrompeu em uma língua que o ouvido de Joan não reconhecia.

A própria Joan estava agora completamente desperta. Sentia-se descansada após uma noite de sono. Sempre dormia bem em trens. Ela levantou-se e começou a se vestir. O trem havia deixado Alepo quando ela tinha quase terminado sua toalete. Quando Joan estava pronta, ela saiu para o corredor, mas primeiro deu uma rápida olhada nas etiquetas das malas de sua nova companheira.

Princesa Hohenbach Slam.

No vagão-restaurante ela encontrou sua nova conhecida tomando café da manhã e conversando com grande animação com um francês baixo e robusto.

A princesa acenou, cumprimentando-a, e indicou o assento ao seu lado.

– Ora, como você tem energia! – ela exclamou. – Se fosse eu, estaria ainda deitada dormindo. Agora, *monsieur* Baudier, continue com o que me contava. É muito interessante.

A princesa falava em francês com o *monsieur* Baudier, em inglês com Joan, em turco fluente com o garçom, e às vezes dirigia-se, em italiano igualmente fluente, a uma mesa na fileira oposta, onde estava um oficial de aparência um tanto melancólica.

Em seguida, o francês robusto terminou seu café e retirou-se com uma mesura cortês.

– Você é uma poliglota de primeira – disse Joan.

O rosto longo e pálido sorriu, um sorriso melancólico desta vez.

– Sim, por que não? Sou russa, sabe. Fui casada com um alemão e vivi muito tempo na Itália. Eu falo oito ou nove línguas, algumas bem, outras nem tanto. É um prazer conversar, você não acha? Todos os seres humanos são interessantes, e vive-se por tão pouco tempo nesta

Terra! Devem-se trocar ideias, experiências. O que sempre digo é que não há amor suficiente na Terra. Sasha, meus amigos dizem a mim, há pessoas que é impossível amar, como os turcos, armênios, levantinos. Mas digo que não. Eu amo a todos. *Garçon, l'addition.*

Joan piscou por um instante, pois a última frase fora pronunciada no mesmo fôlego da anterior.

O garçom do vagão-restaurante veio apressado e cortês, e Joan convenceu-se de que sua companheira de viagem era uma pessoa de considerável importância.

Por toda a manhã e tarde eles avançaram sobre as planícies e então iniciaram a lenta subida da cadeia de montanhas Tauro. Sasha, sentada em seu canto, fumava, lia e ocasionalmente fazia observações inesperadas e às vezes constrangedoras. Joan percebeu que estava fascinada por aquela mulher estranha que vinha de um mundo diferente, cujos processos mentais eram de todo distintos de qualquer coisa que ela já vira.

A mistura do impessoal e do íntimo exercia uma estranha atração sobre Joan.

Sasha, de repente, disse a ela:

– Você não lê, não é? E não faz nada com as mãos. Você não faz tricô. Não é como a maioria das mulheres inglesas. E, no entanto, você parece bastante inglesa, sim, uma inglesa típica.

Joan sorriu.

– Na verdade, não tenho nada para ler. Fiquei presa em Tell Abu Hamid devido a um problema na linha, então acabei terminando toda a literatura que tinha comigo.

– Mas você não se importa. Você não achou necessário comprar qualquer coisa para ler em Alepo. Não, você está satisfeita em apenas sentar-se e olhar pela janela para as montanhas. No entanto, não as está vendo. Você olha para algo que só *você mesma* vê, não é? Você vive em sua mente uma grande emoção, ou passou por uma. Você tem uma tristeza? Ou uma grande alegria?

Joan hesitou, franzindo de leve o cenho.

Sasha deu uma risada.

– Ah, mas isso é tão inglês! Você acha impertinente que eu faça perguntas que nós, russos, achamos tão naturais. É curioso isso. Se eu lhe perguntasse onde esteve, em que hotéis, e que paisagens você viu, se tem filhos e o que fazem, se você viajou bastante, se conhece um bom cabeleireiro em Londres, a tudo isso você responderia com prazer. Mas, se eu perguntar-lhe algo que me vem à mente, se você tem uma tristeza, se seu marido é fiel, se você dorme com muitos homens, qual foi sua mais bela experiência de vida, se você é consciente do amor de Deus... Todas essas coisas a fariam retrair-se ofendida e, no entanto, elas são muito mais interessantes que as outras, *nicht war*?

– Acho que sim – disse Joan lentamente –, temos um temperamento muito reservado.

– Sim, sim. Você não pode nem perguntar para uma mulher inglesa que se casou há pouco tempo se ela vai ter um bebê! Isto é, você não pode dizer isso na mesa do almoço. Não, você tem de levá-la para um canto e *sussurrar* a pergunta. E, no entanto, se o bebê estiver aí, no seu berço, você pode perguntar: "Como vai o seu bebê?".

– Bem, é uma questão bastante pessoal, não é?

– Não, não vejo dessa maneira. Encontrei uma amiga outro dia que eu não via há muitos anos, uma húngara. Mitzi, eu disse a ela, você é casada, sim, há vários anos, você não tem um bebê, por que não? Ela me respondeu que não faz ideia de por que não! Por cinco anos, ela disse, ela e seu marido tentaram mesmo, mas ah! Como eles tentaram! O que, ela perguntou, ela poderia fazer a respeito? E já que nós estávamos em um almoço festivo, todos demos uma sugestão. Sim, e algumas delas muito práticas. Vá saber, pode dar certo.

Joan tinha uma aparência de obstinada descrença.

No entanto, ela sentiu de repente, crescendo dentro dela, um forte impulso de abrir o coração para aquela peculiar e amigável criatura estrangeira. Ela queria muito compartilhar com alguém a experiência pela qual passara. Ela precisava, por assim dizer, certificar-se de sua realidade...

Ela disse lentamente:

– É verdade, eu passei por uma experiência bastante perturbadora.

– *Ach*, é mesmo? O que foi? Um homem?

– Não, certamente não.

– Que bom. É tão comum ser um homem, e realmente no fim fica um pouco chato.

– Eu estava sozinha na pousada em Tell Abu Hami, um lugar horrível, cheio de moscas, latas e rolos de arame farpado, e muito sombrio e escuro no interior.

– Isso é necessário por causa do calor no verão, mas eu sei o que você quer dizer.

– Eu não tinha ninguém para conversar e logo em seguida terminei os livros e... e fiquei... de um jeito muito estranho.

– Sim, sim, isso poderia muito bem ocorrer. É interessante a sua história. Continue.

– Comecei a descobrir coisas a meu respeito. Coisas que nunca percebi antes. Ou melhor, coisas que *sabia*, mas nunca quis reconhecer. Não consigo explicar a você.

– Oh, mas você consegue. É bem fácil. Eu vou compreender.

O interesse de Sasha era tão natural, tão despretensioso, que Joan se viu falando com impressionante falta de restrições. Já que falar sobre seus sentimentos e relações pessoais era perfeitamente natural para Sasha, começou a parecer natural também para Joan.

Ela começou a falar com menos hesitação, a descrever seu desconforto, seus temores, e seu pânico final.

– Atrevo-me a dizer que isso parecerá absurdo, mas achei que estava perdida por completo, sozinha, que até mesmo Deus me havia abandonado...

– Sim, todos sentem isso em algum momento. Eu própria já me senti assim. É muito sombrio, muito terrível.

– Não era sombrio... era claro, uma luz que cegava... não havia abrigo, proteção, sombra...

– Falamos da mesma coisa, no entanto. Para você a claridade foi terrível, porque você se escondeu por muito tempo sob a proteção de sombras densas. Mas para mim foi escuridão, não ver meu caminho, estar perdida na noite. Mas a agonia é a mesma, é a consciência da própria insignificância e de se estar isolada do amor de Deus.

Joan disse devagar:

– E então... *aconteceu*... como um milagre. Eu vi tudo. Vi a mim mesma e o que eu fora. Todas as minhas pretensões e farsas tolas caíram. Era como... como ter nascido de novo.

Ela olhou com ansiedade para a outra mulher. Sasha inclinou a cabeça para frente.

– E eu sabia o que eu tinha de fazer. Eu tinha de ir para casa e começar tudo de novo. Construir uma vida nova... do começo...

Houve silêncio. Sasha olhava para Joan de modo pensativo, e algo em sua expressão intrigou Joan, que disse, corando um pouco:

– Ah, eu diria que isso soa muito exagerado e melodramático...

Sasha a interrompeu:

– Não, não, você não está me compreendendo. A sua experiência foi real, ela aconteceu com muita gente, com São Paulo, com outros santos, e com mortais e pecadores comuns. É a conversão. É uma visão. É a alma conhecendo sua própria amargura. Sim, tudo isso é real. É tão real quanto comer seu jantar ou escovar seus dentes. Mas eu me pergunto mesmo assim, eu me pergunto se...

– Sinto que fui tão egoísta, que prejudiquei alguém que amo...

– Sim, sim, você sente remorso.

– Mal posso esperar para chegar lá. Em casa, quero dizer. Tenho tantas coisas para dizer... Para dizer a ele.

– Dizer a quem? Ao seu marido?

– Sim. Ele tem sido tão generoso, tão paciente sempre. Mas ele não tem sido feliz. Vou fazê-lo feliz agora.

– E você acha que será mais capaz de fazê-lo feliz agora?

– Ao menos poderemos ter uma conversa. Ele pode saber o quanto lamento. Pode me ajudar a... Oh, como direi? – As palavras da Comunhão passaram por sua mente. – A levar uma vida nova de agora em diante.

Sasha disse com seriedade:

– Os santos foram capazes de fazer isso.

Joan a encarou:

– Mas eu... eu não sou uma santa.

– Não é. Foi o que quis dizer. – Sasha fez uma pausa e disse, com uma ligeira mudança de tom: – Perdoe-me por dizê-lo. E talvez seja verdade.

Joan pareceu um pouco confusa.

Sasha acendeu outro cigarro e começou a fumar com sofreguidão, olhando pela janela.

– Não sei – disse Joan com incerteza – por que lhe conto tudo isso...

– É natural que você deseje contar a alguém, você quer falar, está em sua mente e você quer falar, é muito natural.

– Costumo ser muito reservada.

Sasha parecia estar se divertindo.

– E tão orgulhosa disso, como todos os ingleses. Vocês são uma raça curiosa, muito curiosa. Tão envergonhados, tão constrangidos por suas virtudes, tão prontos a admitir, e a jactar-se, de seus defeitos.

– Acho que você está exagerando um pouco – disse Joan com severidade.

Ela se sentiu subitamente muito britânica, e distante da mulher exótica de rosto pálido, no assento em frente ao seu, a mulher a quem, um minuto ou dois atrás, ela havia confidenciado uma experiência pessoal íntima.

Joan perguntou com um tom de voz formal:

– Você vai seguir com o Simplon Orient?

– Não, vou passar a noite em Istambul e então seguirei para Viena. – Ela acrescentou de maneira indiferente: – É possível que eu morra lá, mas talvez não.

– Você quer dizer... – Joan hesitou estupefata – que você teve uma premonição?

– Ah, não – Sasha deu uma gargalhada. – Não é nada disso! É uma operação que eu vou fazer lá! Uma operação muito séria. As chances não são muito boas. Mas Viena tem cirurgiões competentes. Este que estou indo consultar é um judeu muito inteligente. Eu sempre disse que seria muito estúpido aniquilar todos os judeus na Europa. Eles são médicos e cirurgiões inteligentes, sim, e eles são artisticamente inteligentes também.

– Oh, querida – disse Joan. – Eu sinto muito.

– Porque eu talvez morra? Mas o que importa? Tem-se de morrer, algum dia. E talvez eu não morra. Tenho uma ideia, se viver, de entrar para um convento que conheço, uma ordem muito fechada. Nunca se fala, há somente meditação e preces perpétuas.

A imaginação de Joan falhou em conceber Sasha em silêncio em meditação e preces perpétuas.

Sasha prosseguiu seriamente:

– Nós precisaremos de muita reza logo, quando a guerra começar.

– *Guerra*? – Joan a encarou.

Sasha assentiu com a cabeça.

– Mas sim, a guerra certamente está se aproximando. No ano que vem, ou no outro.

– Será? – disse Joan. – Acho que você está enganada.

– Não, não. Eu tenho amigos que estão muito bem-informados, e eles me contaram isso. Está tudo decidido.

– Mas guerra onde, contra quem?

– Guerra em todo lugar. Todo os países entrarão nela. Meus amigos acham que a Alemanha ganhará rapidamente, mas eu... eu não concordo. A não ser que eles consigam uma vitória rápida mesmo. Veja bem, eu conheço muitos ingleses e americanos, eu sei como eles são.

– Com certeza ninguém deseja a guerra – disse Joan.

Ela falou, incrédula:

– Para que mais serve a juventude hitlerista?

Joan respondeu veemente:

– Mas tenho amigos que estiveram na Alemanha muitas vezes e têm muitas coisas boas a dizer sobre o movimento nazista.

– *Oh la la* – exclamou Sasha. – Veja se dirão a mesma coisa daqui a três anos.

Então ela se inclinou para frente quando o trem começou a parar lentamente.

– Olha, chegamos aos Portões Cilicianos. É lindo, não é? Vamos descer.

Elas saíram do trem e ficaram admirando, através da grande fenda na cadeia de montanhas, as planícies azuis e nevoentas abaixo.

O sol estava quase se pondo, e o ar estava maravilhoso, suave e fresco.

Joan pensou: "Que belo...".

Ela gostaria que Rodney estivesse ali para apreciar a paisagem com ela.

Capítulo 12

Victoria...

Joan sentiu seu coração batendo com súbita animação.

Era bom estar de volta.

Ela se sentiu, só por um momento, como se nunca tivesse partido. Inglaterra, seu próprio país. Carregadores ingleses bacanas... Um típico dia brumoso inglês não tão bacana!

Pouco romântica, nem tão bela, apenas a velha e querida estação Victoria de sempre, com a cara de sempre, com os cheiros de sempre!

"Oh", pensou Joan, "que *bom* estar de volta."

Que viagem longa e cansativa atravessando Turquia, Bulgária, Iugoslávia, Itália e França! Inspetores de alfândega, checagens de passaporte. Todos os uniformes diferentes, todas as línguas diferentes. Ela estava cansada, sim, definitivamente cansada, de estrangeiros. Mesmo aquela mulher russa extraordinária que viajou com ela de Alepo até Istambul começou a se tornar cansativa no fim. Ela foi interessante, realmente bastante interessante, no começo, apenas por ser tão diferente. Mas já quando o trem avançava junto ao Mar de Mármara, na direção de Haidar Pacha, Joan definitivamente ansiava por se despedir dela. Por um lado, era constrangedor se lembrar como ela, Joan, abrira seu coração sobre questões pessoais para uma absoluta estranha. E por outro lado, bem, era difícil colocar em palavras, mas algo a respeito dela fez com que Joan se sentisse muito *provinciana*. Não era um sentimento agradável. Não adiantou nada dizer para si mesma que ela, Joan, se achava tão interessante quanto qualquer outra pessoa! Ela não acreditava de verdade nisso. Joan se sentia desconfortavelmente consciente de que Sasha, por mais amigável que fosse, era uma aristocrata, enquanto que ela era de classe média, a esposa insignificante de um advogado do interior. Muito estúpido, é claro, se sentir assim...

Mas de qualquer maneira estava tudo terminado agora. Ela estava em casa de novo, de volta ao seu solo nativo.

Não havia ninguém para encontrá-la, já que Joan não tinha enviado mais um telegrama para Rodney para lhe dizer quando estava chegando.

Ela tinha um forte sentimento de querer encontrar Rodney na sua própria casa. Ela queria poder começar sua confissão assim que chegasse, sem pausa ou atraso. "Seria mais fácil", Joan pensou.

Não era muito viável pedir perdão a um marido surpreso na plataforma da estação Victoria!

Certamente não na plataforma de chegada com sua multidão de pessoas apressadas e os balcões da alfândega ao fundo.

Não, ela passaria tranquilamente a noite no hotel Grosvenor e iria para Crayminster amanhã.

Joan se perguntou se não deveria tentar ver Averil primeiro. Ela poderia ligar para a filha do hotel.

Sim, ela decidiu. Faria isso.

Joan tinha somente uma bagagem de mão consigo e, como já tinha sido examinada em Dover, ela pôde ir com seu carregador direto para o hotel.

Ela tomou um banho, se vestiu e então ligou para Averil. Felizmente ela estava em casa.

– Mãe? Não fazia ideia de que você estava de volta.

– Cheguei esta tarde.

– O pai está em Londres?

– Não. Eu não contei a ele quando estaria chegando. Ele poderia vir para me buscar e seria uma pena se ele estivesse ocupado, iria cansá-lo demais.

Joan pensou ter ouvido uma ligeira nota de surpresa na voz de Averil quando ela disse:

– Sim, acho que você está certa. Ele andou muito ocupado ultimamente.

– Você o tem visto bastante?

– Não. Ele esteve em Londres para passar um dia há umas três semanas, e almoçamos juntos. E hoje à noite, mãe? Você gostaria de jantar em algum lugar?

– É melhor você vir aqui, querida, se não se importar. Estou um pouco cansada de viajar.

– Imagino que sim. Tudo bem, estou indo.

– O Edward vem com você?

– Ele tem um jantar de negócios hoje à noite.

Joan desligou o telefone. Seu coração estava batendo um pouco mais rápido do que o normal. "Averil... minha Averil", ela pensou.

Como a voz de Averil era tranquila e suave... calma, neutra, impessoal.

Meia hora mais tarde a recepção ligou dizendo que a sra. Harrison-Wilmott tinha chegado, e Joan desceu.

Mãe e filha se cumprimentaram de maneira reservadamente inglesa. "Averil parecia bem", pensou Joan. Ela não parecia tão magra. Joan sentiu uma ligeira emoção de orgulho quando seguiu com sua filha para a sala de jantar. Averil estava realmente adorável, tão delicada e elegante.

Elas se sentaram à mesa, e Joan teve um choque momentâneo quando seu olhar encontrou os olhos de sua filha.

Eles pareciam tão frios e desinteressados...

Averil, assim como a estação Victoria, não havia mudado.

"Fui eu que mudei", pensou Joan, "mas Averil não sabe disso."

Averil perguntou sobre Barbara e sobre Bagdá. Joan contou vários incidentes de sua viagem para casa.

De uma forma ou outra, o diálogo foi um tanto difícil, parecia não fluir. As perguntas de Averil sobre Barbara eram quase mecânicas. Parecia realmente que ela tinha uma vaga ideia de que indagações mais pertinentes poderiam ser indiscretas. Mas Averil não poderia saber nada da verdade. Era apenas sua atitude delicada e indiferente de sempre.

"A verdade", pensou Joan de repente, "*como vou saber o que é a verdade*?" Não poderia ser, apenas possivelmente, tudo imaginação de sua parte? Afinal de contas, não havia provas concretas...

Ela rejeitou a ideia, mas a mera passagem dela por sua cabeça havia lhe dado um choque. Supondo que ela fosse uma daquelas pessoas que imaginava coisas...

Averil estava dizendo na sua voz calma:

– Edward botou na cabeça que fatalmente haverá uma guerra com a Alemanha algum dia.

Joan se agitou.

– Foi o que disse uma mulher no trem. Ela parecia bastante convicta disso. Ela era uma pessoa bem importante, e realmente parecia saber o que estava falando. Não posso acreditar. Hitler jamais *ousaria* declarar guerra.

Averil disse pensativa:

– Não sei...

– Ninguém *quer* uma guerra, querida...

– Bem, as pessoas às vezes ganham o que não querem.

Joan disse decididamente:

– Acho que esta conversa toda é muito perigosa. Ela coloca ideias nas cabeças das pessoas.

Averil sorriu.

Elas continuaram a falar de uma maneira um tanto vaga. Após a janta, Joan bocejou, e Averil disse que não queria mantê-la acordada, já que ela devia estar cansada.

Joan disse que sim, ela estava bastante cansada.

No dia seguinte Joan fez algumas compras de manhã e pegou o trem das duas e meia para Crayminster. Este a deixaria lá um pouco depois das quatro horas. Ela estaria esperando por Rodney quando ele chegasse em casa, vindo do escritório na hora do chá...

Ela olhou para fora da janela do vagão com gosto. Não havia uma grande vista para se apreciar naquela época do ano, só árvores desfolhadas, uma chuva ligeira e brumosa caindo, mas como era natural, como lembrava o seu lar. Bagdá com seus bazares cheios de gente, suas mesquitas douradas com domos de um azul brilhante, estava distante, irreal, talvez nunca tivesse existido. Aquela viagem longa, fantástica, as planícies de Anatólia, as nevascas e a paisagem montanhosa de Tauro, as planícies altas e áridas, a longa descida pelos desfiladeiros montanhosos até o Bósforo, Istambul com seus minaretes, as carroças de boi dos Balcãs, a Itália com o mar Adriático azul cintilando quando eles haviam deixado Trieste, a Suíça e os Alpes na luz que caía, um panorama de diferentes vistas e cenas, e tudo terminando nisso, essa viagem para casa pelos campos de inverno pacatos do interior...

"Talvez eu nunca tenha saído daqui", pensou Joan. *"Talvez eu nunca tenha saído daqui..."*

Ela se sentia confusa, incapaz de coordenar seus pensamentos claramente. Ver Averil na noite anterior a incomodara. Os olhos frios de Averil olhando para ela, calmos e indiferentes. "Averil", ela pensou, "não vira diferença alguma nela." Bem, no fim das contas, por que Averil deveria ver alguma diferença?

Não era sua aparência física que tinha mudado.

Ela disse muito suavemente para si mesma:

– *Rodney...*

O fulgor voltou – a tristeza – o desejo por amor e perdão...

"É tudo verdade... *Estou* começando uma vida nova", ela pensou.

Joan pegou um táxi da estação. Agnes abriu a porta e a recebeu com uma lisonjeira surpresa alegre.

– O patrão – disse Agnes – vai ficar *contente.*

Joan foi até o quarto, tirou seu chapéu e desceu de novo. O quarto parecia um pouco vazio, mas era porque não havia flores nele.

"Tenho de cortar um pouco de louro amanhã", ela pensou, "e comprar alguns cravos da loja na esquina."

Joan caminhou pelo quarto se sentindo nervosa e animada.

Ela deveria contar a Rodney o que ela conjeturara sobre Barbara? Supondo que, afinal de contas...

É claro que isso não era verdade! Ela tinha *imaginado* a coisa toda. Imaginado tudo por causa do que aquela mulher estúpida, Blanche Haggard – não, Blanche Donovan – havia dito. Ora, Blanche estava com uma aparência horrorosa demais, tão envelhecida e vulgar.

Joan colocou a mão na cabeça. Ela sentia como se dentro do seu cérebro houvesse um caleidoscópio. Ela tivera um caleidoscópio quando era criança e o adorava, segurando a respiração enquanto todas as figuras coloridas giravam e rodopiavam até se acomodarem em um padrão...

Qual *foi* o problema com ela?

Aquela pousada terrível e aquela experiência muito estranha que ela teve no deserto... Ela imaginou toda sorte de coisas desagradáveis – que seus filhos não gostavam dela, que Rodney amara Leslie Sherston (é claro que não, que ideia! Pobre Leslie). E ela chegou a se sentir arrependida por ter persuadido Rodney a não seguir em frente com aquela sua fantasia insólita de virar fazendeiro. Ora, ela fora muito sensível e previdente...

Deus, por que ela estava tão confusa? Todas essas coisas que ela esteve pensando e acreditando, coisas tão desagradáveis...

Será que elas eram realmente verdadeiras? Ou não eram? *Ela não queria que elas fossem verdadeiras.*

Ela tinha de decidir, ela tinha de decidir...

O que ela tinha de decidir?

"O sol", pensou Joan, "o sol era muito quente." O sol provoca alucinações...

Correndo no deserto... caindo de quatro no chão... rezando...

Aquilo foi real?

Ou *isto* era?

Loucura – as coisas em que ela estivera acreditando eram uma loucura absoluta. Que confortável, que agradável voltar para casa, para a Inglaterra, e sentir que nunca se esteve longe daqui. Que tudo era exatamente o mesmo que você sempre achou que era...

E *é claro* que tudo era exatamente o mesmo.

Um caleidoscópio girando... girando...

Acomodando em seguida em um padrão ou outro.

Rodney, perdoe-me... eu não sabia...

Rodney, aqui estou. Voltei para casa!

Qual padrão? *Qual*? Ela tinha de escolher.

Joan ouviu o ruído da porta da frente se abrindo – um ruído que ela conhecia tão bem, mas tão bem...

Rodney estava vindo.

Qual padrão? Qual padrão? *Rápido!*

A porta se abriu. Rodney entrou no quarto. Ele parou, surpreso.

Joan caminhou rapidamente na sua direção. Ela não olhou direto para o rosto dele. "*Dê a ele um momento*", ela pensou, "*dê a ele um momento...*"

Então disse alegremente:

– *Aqui estou, Rodney... Voltei para casa...*

Epílogo

Rodney Scudamore estava sentado na pequena cadeira de encosto baixo enquanto sua esposa servia chá, tilintando as colheres, e falava alegremente sobre como era bom estar em casa de novo e como era um prazer encontrar tudo exatamente do mesmo jeito e que Rodney não acreditaria como era maravilhoso estar de volta à Inglaterra, e de volta a Crayminster, e de volta à sua própria casa!

No vidro da janela uma mosca-varejeira grande, enganada pelo calor incomum do dia de início de novembro, se debatia para cima e para baixo.

Bzz, bzz, bzz, seguia a mosca-varejeira.

Blá, blá, blá, seguia a voz de Joan Scudamore.

Rodney seguia sentado, sorrindo e anuindo com a cabeça.

"Ruídos", ele pensou, "ruídos..."

Significando tudo para algumas pessoas, e realmente nada para outras.

Ele estava equivocado, ele decidiu, em pensar que havia algo de errado com Joan quando ela recém chegara. Não havia nada de errado com Joan. Ela era a mesma de sempre. Tudo estava exatamente como sempre esteve.

Em seguida Joan foi para o andar de cima para desfazer suas malas, e Rodney atravessou o corredor até o seu gabinete, já que ele havia trazido trabalho do escritório para fazer em casa.

Mas primeiro ele destrancou a gaveta pequena de cima, à direita na sua escrivaninha, e tirou a carta de Barbara. Ela viera pelo correio aéreo e fora enviada alguns dias antes da partida de Joan de Bagdá.

Era uma carta longa escrita em letras miúdas, e ele praticamente a decorara. Mesmo assim, ele a leu de novo, atentando um pouco mais para a última página.

> Então agora eu lhe contei tudo, querido papai. Eu ousaria dizer que você já tinha adivinhado a maior parte. Você não precisava ter se preocupado comigo. Eu me dei conta da maldita bobinha bandida que tenho sido. Lembre-se de que a mãe não sabe de nada. Não foi muito fácil manter tudo em segredo dela, mas o dr. McQueen fez um papel e tanto e William foi maravilhoso. Eu realmente não sei o que teria feito sem ele – William estava sempre ao meu lado, pronto para afastá-la de mim se as coisas ficavam difíceis. Eu senti um desespero enorme quando ela mandou um telegrama dizendo que estava vindo. Eu sei que você deve ter tentado convencê-la a não vir, querido, e que não havia como demovê-la – e acho que foi realmente bacana da parte dela de certa maneira –, apenas, é claro, que ela teve de reorganizar toda a nossa vida para nós e foi simplesmente enlouquecedor, e me senti fraca demais para lutar muito! Só agora estou começando a sentir que Mopsy é minha de novo! Ela é doce. Pena que você não pode vê-la. Você gostava de nós quando éramos bebês ou só depois? Querido papai, eu sou tão grata por ter tido você como pai. Não se preocupe comigo. Estou bem agora.
> Com amor, Babs.

Rodney hesitou por um momento, segurando a carta. Ele gostaria de poder ficar com ela, já que significava muito para ele – aquela declaração escrita da fé e da confiança que sua filha depositava nele.

Mas no exercício da sua profissão ele vira bastante seguido os perigos de cartas guardadas. Se ele morresse de maneira súbita, Joan examinaria seus papéis e a encontraria, e isso lhe causaria uma dor desnecessária. Não havia necessidade de que ela se sentisse magoada e consternada. Deixasse que ela seguisse feliz e segura no mundo radiante e seguro que ela construíra para si.

Ele atravessou o aposento e deixou a carta de Barbara cair no fogo. "Sim", ele pensou, "ela ficaria bem agora." Eles todos ficariam bem. Era por Barbara que ele mais temia – com seu temperamento desequilibrado e profundamente emotivo. Bem, a crise veio e ela escapou, não incólume, mas viva. E ela já estava se dando conta de que Mopsy e Bill eram verdadeiramente seu mundo. Um bom rapaz, Bill Wray. Rodney esperava que ele não tivesse sofrido muito.

Sim, Barbara ficaria bem. E Tony estava indo bem nas suas plantações de laranjas na Rodésia – um lugar muito distante, mas tudo bem –, e sua jovem esposa parecia o tipo certo de garota. Tony nunca se incomodara muito com coisa alguma – talvez nunca se incomodasse. Ele tinha aquele tipo de cabeça otimista.

E Averil também estava bem. Como sempre, quando ele pensava em Averil, era orgulho o que sentia, não pena. Averil, com sua mente indiferente e calculista, sua determinação em não se expor demais. Averil, com sua língua fria e sarcástica. Tão fria quanto pedra, tão sólida, tão estranhamente diferente do nome que haviam dado a ela.

Ele havia enfrentado Averil, a enfrentado e subjugado com as únicas armas que sua mente desdenhosa reconheceria, armas que ele mesmo achara desagradável usar. Razões frias, razões lógicas, razões impiedosas – ela as aceitara.

Mas ela o perdoara? Rodney achava que não. Porém, isso não importava. Mesmo que ele tivesse destruído o amor de Averil por ele, Rodney manteve e aumentou o seu respeito – "e no fim das contas", ele pensou, "para uma mente como a dela e para sua retidão impecável, é o respeito que conta".

No dia anterior ao casamento dela, falando com sua filha tão amada através do grande golfo que os separava agora, ele disse:

– Espero que você seja feliz.

E ela respondeu calmamente:

– Tentarei ser feliz.

Esta era Averil: nada de heroísmo, nada de remoer o passado, nada de autocomiseração. Uma aceitação disciplinada da vida, e a capacidade de vivê-la sem a ajuda dos outros.

"Eles não estão mais em minhas mãos agora, todos os três", ele pensou.

Rodney empurrou para trás os papéis na sua escrivaninha e foi sentar-se na cadeira à direita da lareira. Ele levou consigo o contrato de arrendamento Massingham e dando um ligeiro suspiro começou a lê-lo.

> O proprietário cede e o arrendatário assume todos os prédios, terras e bens herdáveis da propriedade situados em... – Ele continuou a leitura e virou a página. – Não deve tomar mais do que duas safras de milho maduro de qualquer parte das terras aráveis sem um alqueive de verão (considerar-se-á equivalente ao alqueive uma safra de nabos e couves semeada em terra limpa e adubada e consumida por ovelhas na referida terra) e...

Sua mão relaxou, e seus olhos se perderam na cadeira vazia à sua frente.

Fora ali que Leslie sentara quando ele discutira com ela sobre as crianças e como seria indesejável um contato delas com Sherston. Ela devia, Rodney disse, levar as crianças em consideração.

Ela as *havia* levado em consideração, disse Leslie – e, afinal de contas, ele *era* seu pai.

Um pai que esteve na prisão, disse ele, um ex-presidiário. E a opinião pública, o ostracismo, privá-las da sua existência social normal, penalizá-las de maneira injusta. Ela devia pensar em tudo isso. Crianças não deveriam ter suas juventudes perturbadas. Deveriam ter um começo justo.

E ela disse:

– É isso mesmo. Ele é o pai delas. A questão não é tanto que *elas* pertençam a ele, mas que *ele* pertença a elas. Eu gostaria, é claro, que elas tivessem um tipo diferente de pai, mas não é assim. Que tipo de começo na vida seria este, começar fugindo do que está lá?

Bem, ele entendia o ponto de vista dela, é claro. Mas essa posição não estava de acordo com suas ideias. Ele sempre quis dar aos seus filhos o melhor de tudo; de fato, foi isso que ele e Joan fizeram. As melhores escolas, os quartos mais ensolarados na casa – eles mesmos tinham feito pequenas economias para tornar isso possível.

Mas, no caso deles, nunca houve qualquer problema moral. Não houve um infortúnio, uma sombra negra, um fracasso, desespero e angústia, nenhuma situação desse tipo, que tornasse necessário questionar:

– Devemos protegê-los? Ou deixar que participem?

E foi de Leslie a ideia de que eles deveriam participar. Apesar de amá-los, ela não evitaria colocar parte de seu fardo sobre aquelas costas pequenas e desacostumadas. Não por egoísmo, não para aliviar a própria carga, mas porque ela não queria negar-lhes nem a menor e mais insuportável parte da realidade.

Bem, Rodney achou que ela estava errada. Mas admitiu, como sempre admitia, sua coragem. Isso ia além da coragem por si mesma. Ela tinha coragem por aqueles que ela amava.

Ele se lembrou de Joan dizendo naquele dia de outono quando ele saía para o escritório:

– Coragem? Sim, mas coragem não é tudo!

E ele disse:

– Não é?

Leslie sentada ali na sua cadeira, com a sobrancelha esquerda um pouco mais alta que a direita, o canto direito da boca um pouco torcido, e sua cabeça contra a almofada azul esmaecido que fazia seu cabelo parecer, de certa maneira, verde.

Ele se lembrou da sua própria voz, um pouco surpresa, dizendo:

– Seu cabelo não é castanho. É *verde*.

Foi a única coisa pessoal que ele já havia dito a ela. Rodney nunca pensou muito na aparência dela. Cansada, ele sabia, e doente. E, apesar disso, forte, sim, fisicamente forte. Ele pensou uma vez, de modo incongruente, que ela poderia jogar um saco de batatas sobre os ombros, como um homem.

Não foi um pensamento muito romântico e não havia, realmente, nada muito romântico que ele pudesse lembrar a respeito dela. O ombro direito mais alto do que o esquerdo, a sobrancelha esquerda para cima e a direita para baixo, a ligeira torção no canto da boca quando ela sorria, o cabelo castanho que parecia verde contra uma almofada azul esmaecido.

"Não havia muito que alimentasse o amor", ele pensou. E o que era o amor? Por Deus, o que *era* o amor? A paz e o contentamento que ele sentiu ao vê-la sentada ali, na sua cadeira, sua cabeça verde contra a almofada azul. A maneira como ela disse subitamente:

– Sabe, andei pensando em Copérnico...

Copérnico? Por que, em nome de Deus, Copérnico? Um monge com uma ideia, com a visão de um mundo de formato diferente, e que era astuto e hábil o suficiente para ceder aos poderes do mundo e, ao mesmo tempo, registrar suas convicções, de maneira que resistissem ao escrutínio.

O que Leslie, com o marido na prisão, uma vida para ganhar e filhos com quem se preocupar, fazia ali sentada, passando a mão pelos cabelos e dizendo: "Estive pensando em Copérnico".

No entanto, por causa disso, sempre que Copérnico era mencionado, seu coração se agitava, e, lá em cima na parede, ele havia pendurado uma velha gravura do monge, para dizer a ele: *Leslie*.

"Pelo menos eu deveria ter dito a ela que a amava. Talvez eu tenha feito isso, uma vez", ele pensou.

Mas e isso fora necessário? Aquele dia em Asheldown, sentados juntos no sol de outubro. Ele e ela juntos – juntos e separados. A agonia e o desejo desesperado. Um metro de espaço entre eles – um metro porque seguramente não poderia ser menos. Ela havia compreendido isso. Rodney pensou de maneira confusa: "Aquele espaço entre nós, como um campo elétrico, carregado de desejo".

Eles não olharam um para o outro. Ele olhou para a terra arada e a fazenda, com o ruído distante do trator e o tom púrpura sem brilho da terra revirada. E Leslie olhou para além da fazenda, para a mata.

Como duas pessoas espiando uma terra prometida na qual não poderiam entrar. "Eu deveria ter dito a ela que a amava", ele pensou.

Mas nenhum dos dois havia dito nada – exceto apenas uma vez, quando Leslie murmurou: *Só teu verão eterno não se acaba*.

Só isso. Uma citação banal. E ele nem sabia o que ela quis dizer com aquilo.

Ou talvez ele soubesse. Sim, talvez ele soubesse.

A almofada da cadeira sumira. Assim como o rosto de Leslie. Rodney não conseguia se lembrar do rosto dela claramente, somente aquela torção esquisita da boca.

E, no entanto, pelas últimas seis semanas ela havia sentado ali todos os dias e conversado com ele. Apenas fantasia, é claro. Rodney tinha inventado uma pseudo-Leslie e a colocado na cadeira, assim como palavras na sua boca. Ele a fez dizer o que queria que ela dissesse, e ela foi obediente, mas sua boca se curvava para cima no canto, como se risse do que ele estava fazendo com ela.

"Foram seis semanas muito felizes", pensou Rodney. Ele pôde ver Watkins e Mills e teve aquela noite divertida com Hargrave Taylor, apenas uns poucos amigos e não em demasia. Aquele passeio agradável pelos montes no domingo. Os criados serviram-lhe refeições muito boas, e Rodney as comeu devagar, como gostava, com um livro apoiado contra o sifão de água mineral. Algum trabalho para terminar, às vezes, após o jantar, depois um cachimbo e, por fim, apenas para o caso de ele sentir-se solitário, a falsa Leslie acomodada em sua cadeira, para fazer-lhe companhia.

A falsa Leslie, sim. Mas não existiu, em algum lugar, não muito distante, uma Leslie real?

Só teu verão eterno não se acaba.

Ele olhou de novo para o contrato de arrendamento.

...e deverá, em todos os aspectos, administrar a citada fazenda de acordo com as práticas prudentes e corretas do cultivo agrícola.

"Eu realmente sou um advogado muito competente", ele pensou, abismado. E então, sem se espantar (e sem grande interesse): "*Eu sou bem-sucedido*".

"O trabalho em uma fazenda é duro e difícil", ele pensou. "Mesmo assim, como estou cansado, meu Deus."

Ele não se sentia tão cansado há muito tempo.

A porta se abriu e Joan entrou.

– Oh, Rodney, você não pode ler com a luz desligada.

Ela esgueirou-se por trás dele e acendeu a luz. Rodney sorriu e agradeceu-lhe.

– Você é tão burro, querido, ficar aí arruinando seus olhos quando tudo que você precisa fazer é ligar um interruptor.

Joan acrescentou afetuosamente quando se sentou:

– Não sei o que você faria sem mim.

– Eu teria toda sorte de maus hábitos.

Seu sorriso era provocador, carinhoso.

– Você se lembra – seguiu ela – de quando, de uma hora para outra, você teve a ideia de desconsiderar a oferta do tio Henry e virar fazendeiro?

– Sim, lembro-me disso.

– Você não está contente agora de que não o deixei?

Rodney olhou para Joan, admirando sua ávida competência, a postura jovem do seu pescoço, seu rosto suave, bonito e sem rugas. Alegre, confiante, afetuosa. "Joan tem sido uma boa esposa para mim", ele pensou.

Ele disse calmamente:

– Sim, estou.

Joan disse:

– Todos nós somos pouco práticos às vezes.

– Mesmo você?

Ele disse isso de maneira provocativa, mas ficou surpreso em vê-la franzir o cenho. Uma expressão passou pelo rosto de Joan como uma pequena ondulação sobre a água lisa.

– Às vezes, ficamos um pouco nervosos, melancólicos.

Rodney ficou ainda mais surpreso. Ele não conseguia imaginar Joan nervosa ou melancólica. Mudando de assunto, ele disse:

– Sabe, eu invejo bastante sua viagem para o Oriente.

– Sim, foi interessante. Mas eu não gostaria de ter de viver em um lugar como Bagdá.

Rodney disse pensativamente:

– Eu gostaria de conhecer o deserto. Deve ser maravilhoso, um lugar vazio com uma forte luz brilhante. É a ideia da luz que me fascina. Ver claramente...

Joan o interrompeu. Ela disse com veemência:

– É odioso, odioso, só um nada árido!

Ela olhou à sua volta no gabinete, com um olhar penetrante e nervoso. "Como um animal que quer fugir", ele pensou.

A expressão no rosto de Joan relaxou. Ela disse:

– Aquela almofada está terrivelmente velha e gasta. Tenho de conseguir uma nova para aquela cadeira.

Rodney fez um gesto instintivo brusco, mas se controlou.

Afinal de contas, por que não? A almofada estava gasta. Leslie Sherston estava no cemitério da igreja debaixo de uma lousa de mármore. A firma Alderman, Scudamore & Witney prosperava. O fazendeiro Hoddesdon estava tentando mais uma hipoteca.

Joan caminhava em torno do gabinete, testando uma prateleira para ver se tinha pó, colocando de volta um livro na estante, rearranjando os ornamentos sobre o console da lareira. Era verdade que nas últimas seis semanas o lugar adquirira uma aparência desleixada e desarrumada.

Rodney murmurou para ela suavemente:

– As férias acabaram.

– O quê? – Ela deu meia-volta para encará-lo. – O que você disse?

Rodney piscou os olhos de maneira conciliatória.

– Eu disse alguma coisa?

– Achei que você tinha dito "as férias acabaram". Você deve ter se distraído e estava sonhando com as crianças voltando para a escola.

– Sim – disse Rodney. – Eu devia estar sonhando.

Joan ficou parada olhando para ele duvidosamente. Então ela endireitou um quadro na parede.

– O que é isso? É novo, não é?

– Sim. Achei em uma liquidação da Harvey.

– Oh – Joan o olhou em dúvida. – Copérnico? É valioso?

– Não faço ideia – disse Rodney. Ele repetiu pensativamente. – Não faço a menor ideia...

O que era valioso, o que não era? Haveria algo chamado recordação?

Sabe, estive pensando em Copérnico...

Leslie, com seu marido delinquente e enganador: alcoolismo, pobreza, doença, morte.

Pobre sra. Sherston, uma vida tão triste.

"Mas Leslie não era triste", ele pensou. Ela passara por desilusão, pobreza e doença como um homem atravessa charcos, terras aradas e rios, de maneira alegre e impaciente, para chegar seja lá onde for...

Ele olhou pensativo para a esposa, com olhos cansados, mas carinhosos.

Tão inteligente, eficiente e ocupada, tão satisfeita e bem-sucedida. "Ela parece não ter mais de 28 anos", ele pensou.

E, de súbito, uma enorme onda de pena tomou conta dele.

Rodney disse com intenso sentimento:

– Coitadinha.

Ela o encarou e disse:

– Por que coitada? E não sou uma garotinha.

Ele disse no seu velho tom provocador:

– *Estou aqui, pequena Joan. Se ninguém está comigo, estou completamente só.*

Joan avançou até ele de repente e, quase ofegante, disse:

– Não estou só. Não estou só. Tenho *você*.

– Sim – disse Rodney. – Você tem a mim.

Mas ele sabia, enquanto dizia aquelas palavras, que elas não eram verdade. Ele pensou:

"Você está só e sempre estará. Mas Deus permita que você nunca saiba disso."

Livros de Agatha Christie publicados pela **L&PM** EDITORES

O homem do terno marrom
O segredo de Chimneys
O mistério dos sete relógios
O misterioso sr. Quin
O mistério Sittaford
O cão da morte
Por que não pediram a Evans?
O detetive Parker Pyne
É fácil matar
Hora Zero
E no final a morte
Um brinde de cianureto
Testemunha de acusação e outras histórias
A Casa Torta
Aventura em Bagdá
Um destino ignorado
A teia da aranha (com Charles Osborne)
Punição para a inocência
O Cavalo Amarelo
Noite sem fim
Passageiro para Frankfurt
A mina de ouro e outras histórias

MEMÓRIAS
Autobiografia

MISTÉRIOS DE HERCULE POIROT

Os Quatro Grandes
O mistério do Trem Azul
A Casa do Penhasco
Treze à mesa
Assassinato no Expresso Oriente
Tragédia em três atos
Morte nas nuvens
Os crimes ABC
Morte na Mesopotâmia
Cartas na mesa
Assassinato no beco
Poirot perde uma cliente
Morte no Nilo
Encontro com a morte
O Natal de Poirot
Cipreste triste
Uma dose mortal
Morte na praia
A Mansão Hollow
Os trabalhos de Hércules
Seguindo a correnteza
A morte da sra. McGinty
Depois do funeral
Morte na rua Hickory
A extravagância do morto
Um gato entre os pombos
A aventura do pudim de Natal
A terceira moça
A noite das bruxas
Os elefantes não esquecem
Os primeiros casos de Poirot
Cai o pano: o último caso de Poirot
Poirot e o mistério da arca espanhola e outras histórias
Poirot sempre espera e outras histórias

MISTÉRIOS DE MISS MARPLE

Assassinato na casa do pastor
Os treze problemas

Um corpo na biblioteca
A mão misteriosa
Convite para um homicídio
Um passe de mágica
Um punhado de centeio
Testemunha ocular do crime
A maldição do espelho
Mistério no Caribe
O caso do Hotel Bertram
Nêmesis
Um crime adormecido
Os últimos casos de Miss Marple

Mistérios de
Tommy & Tuppence

O adversário secreto
Sócios no crime
M ou N?
Um pressentimento funesto
Portal do destino

Romances de Mary Westmacott

Entre dois amores
Retrato inacabado
Ausência na primavera
O conflito
Filha é filha
O fardo

Teatro

Akhenaton
Testemunha de acusação e outras peças
E não sobrou nenhum e outras peças

ANTOLOGIAS DE ROMANCES E CONTOS

Mistérios dos anos 20
Mistérios dos anos 30
Mistérios dos anos 40
Mistérios dos anos 50
Mistérios dos anos 60

Miss Marple: todos os romances v. 1
Poirot: Os crimes perfeitos
Poirot: Quatro casos clássicos

GRAPHIC NOVEL

O adversário secreto
Assassinato no Expresso Oriente
Um corpo na biblioteca
Morte no Nilo

Antologias de romances protagonizados por Miss Marple e Poirot & uma deliciosa autobiografia da Rainha do Crime

EM FORMATO 16x23 CM

Agatha Christie

L&PM EDITORES

Agatha Christie
CINCO DÉCADAS DE MISTÉRIOS
EM FORMATO 16x23 CM

AGATHA CHRISTIE — MISTÉRIOS DOS ANOS 20
- O adversário secreto
- O homem do terno marrom
- O segredo de Chimneys
- O mistério dos sete relógios

AGATHA CHRISTIE — MISTÉRIOS DOS ANOS 30
- O mistério Sittaford
- Por que não pediram a Evans?
- É fácil matar

AGATHA CHRISTIE — MISTÉRIOS DOS ANOS 40
- M ou N?
- Hora Zero
- Um brinde de cianureto
- A Casa Torta

AGATHA CHRISTIE — MISTÉRIOS DOS ANOS 50
- Aventura em Bagdá
- Um destino ignorado
- Punição para a inocência
- O Cavalo Amarelo

AGATHA CHRISTIE — MISTÉRIOS DOS ANOS 60
- Noite sem fim
- Um pressentimento funesto
- Passageiro para Frankfurt
- Portal do destino

L&PM EDITORES

Agatha Christie

SOB O PSEUDÔNIMO DE MARY WESTMACOTT

- ENTRE DOIS AMORES
- RETRATO INACABADO
- AUSÊNCIA NA PRIMAVERA
- O CONFLITO
- FILHA É FILHA
- O FARDO

© 2015 Agatha Christie Limited. All rights reserved.

L&PMPOCKET

Poirot

Agatha Christie

- Morte na Mesopotâmia
- Os Crimes ABC
- Os Quatro Grandes
- Cai o Pano: o último caso de Poirot
- Poirot Perde uma Cliente
- Natal Poirot

L&PMPOCKET

Miss Marple

Agatha Christie

- A MALDIÇÃO DO ESPELHO
- CONVITE PARA UM HOMICÍDIO
- NÊMESIS
- UM CRIME ADORMECIDO — O ÚLTIMO CASO DE MISS MARPLE
- TESTEMUNHA OCULAR DO CRIME
- O CASO DO HOTEL BERTRAM

L&PM POCKET

© 2016 Agatha Christie Limited. All rights reserved.

AS AVENTURAS COMPLETAS DA DUPLA
Tommy & Tuppence

Agatha Christie

- O ADVERSÁRIO SECRETO
- SÓCIOS NO CRIME
- M OU N?
- UM PRESSENTIMENTO FUNESTO
- PORTAL DO DESTINO

L&PMPOCKET